ルパン三世
戦場は、フリーウェイ

樋口明雄　吉岡 平　塩田信之

双葉文庫

First Published by Futaba-sha Books Co.

3-28 Higashi-Gokencho, Shinjuku, Tokyo Japan

Coutesy by Kazuzi Kurihara; Weekly Manga Action

目次

戦場は、フリーウェイ

樋口明雄
本文イラスト 佐藤真人

Ⅰ

ハイウェイが、一直線に続いていた。

八月の空を湿らす糖雨が、その路面をドブネズミ色に塗り替えていた。灰色の雨雲は、場末の酒場に立ち込める煙草の煙のように、頭上に渦巻いている。

一台のトラックが、アスファルトに吸い付いた雨水を巻き上げて走り去っていく。派手な水煙がしばらく道路の上にわだかまっていたかと思うと、続いて走ってきた二台目のトラックがそれをちりぢりにしてしまった。

道端を歩いていたその男は、痩せぎすの体躯にしてはしっかりとした足取りだった。二台のトラックが男を掠めた瞬間、その躰が微塵にも揺るぎないのはちょっとした見ものだった。が、巻き上がった水煙は、情け容赦なく男を濡らしてしまう。

「くそったれ」

男——次元大介は、低くつぶやいて、また飄々と歩き出した。

トラックは煙雨の彼方に霞むように消えていった。やがてまた、背後から、再びエンジンの音が聞えてきた。次元は顎を突き出して、振り返った。双眸が、緊張の色に輝いている。その下唇に、雨で湿り、とっくに火の消えたポールモールがへばり付いている。

こっちに向かって走ってくる車は、ポルシェだった。メタリック・ブルーの車体が、糖雨の中でくすんだ色合いになっている。ポルシェは素晴らしい勢いで突っ込んできた。そしてまた、水煙を巻き上げた。

——ミ、ミ!

すれ違う瞬間、『ロードランナー』のキャラクターを真似たひょうきんな声がした。サングラスをかけたブロンドの若者が、片手をハンドルにかけたまま中指を突き立てて見せた。次元は左手で、中折れ帽を飛ばされないよう押えていた。タイピンを外れたネクタイが、切り離されたトカゲの尻尾のように踊り狂った。

「くそったれ」

次元はまた、呟いた。

それからしばらく、車の姿は見えなかった。道の両側には、広大なトウモロコシ畑がある。それは地平線の彼方まで続き、雨雲に呑み込まれていた。

やがて彼は、道端で見つけた標識の前で立ち止まった。

ポツリと取り残された。そんな感じの標識だった。

黒い顎髭をボリボリと掻きながら、それを眺める。

『ユタ州へようこそ。ロッキーの清涼な空気と雄大な自然があなたを待っています』

そう書かれたプレートの左半分に、数発の・二十二口径らしい小さな銃創がある。それ

らの大半は錆び付いている。『雄大な自然』と書かれた部分も錆び、褐色に流れて落ちている。それを見た次元は、ホラー映画のタイトルを連想してニヤリと笑った。

エンジンの音。

彼は目を細め、振り返った。

煙雨を突いて、走ってくる一台の車。フォードのスティションワゴン。

このくそったれの空みてえに、灰色をしてやがる。と、次元は思った。

フォードは不愉快な唸り声を上げ、猛スピードでやって来た。助手席側の窓が開いている。そこから何かが突き出された。灰色の空よりも、もっと陰鬱な、黒い金属の塊。

イングラムM-11。ミニコンポみたいに小型で軽量のサブマシンガンだ。

とっさに彼は、その場に伏せた。

削岩機のような音がし、イングラムが派手に火を噴いた。アスファルトが爆発したように破片を跳ばし、標識のジュラルミン板が甲高い悲鳴を放った。そしておまけの数発が、トウモロコシ畑に飛び込んでいった。

フォードはあっという間に次元の前を走り去った。が、すぐにブレーキの音を立てて止まった。一連射でしとめられなかったのは、計算外のことだったらしい。ギアがガリガリと歯軋りし、リバースに入った。場違いにかん高いエンジンの唸りを立て、車はそのまますさまじい勢いでバックしてきた。

助手席の窓からは、依然としてイングラムの銃口が覗いている。おかしな銃声は、先端に装着された消音器（サプレッサー）のせいだ。雨に濡れたその不格好な円筒は、湯気をくゆらせていた。

射手は眉をひそめた。標識の前に、次元大介の姿がない。

不意に背の高いトウモロコシの林が音もなく揺れた。と同時に、銃声が轟いた。三発。助手席のイングラムの男が、ドアごと腹をぶち抜かれ、続いて車内に飛び込んだ二発が、運転手の首筋と耳の後ろにえぐり込んだ。フロントガラスの内側が、赤く染まっている。

運転手の死体がハンドルにのしかかり、クラクションが叫び出した。

次元大介は、ゆっくりとトウモロコシ畑から出てきた。リボルバーの弾倉を振り出し、三発の・三五七マグナムの空薬莢を抜き出す。新たな三発を素早く装填し、けたたましくわめきたてるフォードに歩いていく。

ダークグレイのスーツを着た、三十過ぎの男が二人。運転席の死体を押し退けると、車はやっと叫ぶのをやめた。

静寂が戻ると、次元は辺りを見回す。他の車の姿はない。無機質なアスファルトの上にうだるような雨が降り注ぐばかり。

やがて次元は、ふたりの死体を、トウモロコシ畑に引きずって往った。そして、持ち主のいなくなったフォードに乗り込むと、キィを廻し、アクセルを踏む。車は滑るように動き出した。無数の弾痕が追加された『ユタ州へようこそ――』の標識が、雨に打たれつつ彼の車を見送っていた。

しばらく走り続けたころ、ルーム・ミラーに飴色のクライスラー・セダンが映った。次元の心配をよそに、それはあっという間に次元のフォードを追い越し、前方の雨の中に消えていった。

「やれやれ。この分じゃ、命が幾つあっても足りんぜ。なあ、ルパンよ」

ハンドルを握りながら彼はそう独りごち、またニヤリと笑った。その唇の端には、雨に濡れたポールモールがまだ引っ掛かっていた。


雨は、霧のように細かくなっている。

飴色のクライスラーは、東に向かっていた。前方はロッキー山脈。その辺りは、雨雲がとぎれ、山の背はほんのりと明るく輝いている。

もうじき雨は止むはずだ。ハンドルを握っている男は、目の前でせわしなく揺れ動くワイパーのスイッチを切った。が、途端にフロントガラスに細かく透明な無数の粒がつき始める。

アーティ・ジェイムスンは舌打ちをし、再びワイパーを動かした。彼は三十八歳。中肉中背、だが、ダーク・スーツに隠された胸筋や二頭筋、広背筋はブロンズのダビデ像のそれのように発達していた。彼が勤務する、政府直属のある組織の十八名の構成員のなかでも、アーティほど鍛え抜かれた肉体を持つ者はいなかった。八年間、連日のように通い続けたヘルスクラブのおかげだった。

おまけに彼は射撃の名手だった。ビアンキのアップサイド・ダウン・ホルスターに収まった愛銃S&Wモデル65には六発の・三五七マグナム弾が装填されている。彼はそれを、五秒のうちに撃ち尽くし、かつまた、四十ヤード先のバドワイザーの缶に全弾ヒットさせることができた。

アーティの隣りに、男が一人乗っていた。細身のジーンズに、黒い麻のジャケットを着ていた。幽霊のような、青白い顔。そして薄い唇は、顔にできた深い裂け目のように見えた。

アーティは、この男が心底好きになれなかった。本部からの命令でクライスラーに乗って同行することになった時は、このヒンドゥーの修行僧のように痩せ細り、鷹のように鋭い目を持つこの男に嫌悪を感じた。シカゴの本部からここまで来る間、アーティは何度か男に話しかけた。が、男は一言も物を言わなかった。

直属の上司であるジェイムズ・ヒングリィが、彼は仲間から〝スパイダー〟と呼ばれていることを教えてくれた。組織の中でこのようなコードネームを持つ。それは男が殺し屋である証拠だった。

彼らのいる『ARMS』という組織は、CIAに直属していた。非合法の活動を専門とするグループだ。政府の極秘部門――例えば、『LOT計画』『ミューティション』などの指令を受け、用途に応じて、それぞれのプロフェッショナルを送り込む。中でも、〝スパイダー〟のようなプロ中のプロは、『ハンター』と呼ばれ、恐れられた。

アーティは、〝スパイダー〟の横顔をチラリと見た。表情ひとつ変えず、狙った獲物を殺す、爬虫類の冷たさ。正確無比な殺人マシーン。彼の脳裏にあるものは、嫌悪から畏怖へと変わっていた。

この男と袂を分かつには、早いうちにこの任務を終え、シカゴに帰ることだ。彼には二十八歳になる妻がいた。子供はいなかったが、暖かい家庭だった。庭に植えたばかりの芝生も、少しは気にしている。タイマー式のスプリンクラーを取りつけはしたが、それでも枯れないという保証はない。

不意に彼は、煙草をくわえっぱなしの自分に気がついた。火も点けてない。助手席の物言わぬ相棒は、煙草も酒も一切口にしなかった。カンザスのモーテルに泊まった時、〝スパイダー〟は軽い食事を取っただけだった。不必要なものは、体に取り入れないのだ。

まさに、ヒンドゥーの修行僧だな。と、彼は心の中で思った。

それからアーティは煙草に火を点け、窓を僅かに降ろし、車外に煙を吐いた。

雨はじきに止んだ。

灰色の雲に、ポッカリと穴が開き、そこからアクリル塗料のように真っ青な空が覗いている。遠くに見える牧場の一画が、スポットライトのように照らし出されている。


その飴色のクライスラーから、距離を隔てることおよそ五十マイル。

デルタという街に近い街道の途中に、一台の十八輪トラックが停車していた。

空は晴れ渡り、ほんのちょっと前まで降っていた雨が、まるで嘘のようだった。

道に敷かれたアスファルトは、歳月という見えない怪物によって、踏み荒らされ、生気を奪い取られ、干上がった沼の底のように、あちこちでひび割れていた。

道路の両側には、野原がある。熟し始めたばかりのブラック・ベリーが無数に繁殖していて、辺りはその鼻を突くような匂いに満ちていた。

八月の蒸し暑い風は、その匂いを道端のトラックまで運んできた。

トラックはケン・ワース社製の七十二年型、ボディは青、ボンネットが犬の鼻のように前方に突き出した旧式の車両だった。化け物のようにでかい六気筒のディーゼル・エンジンは、もの憂げにカラカラと空回り（アイドリング）を続けていた。空に向かって突き立った巨大な排気管が、かすかに陽炎を立ち昇らせている。

『疲れたな』と、運転席にいるウイリアム・クラークが呟いた。それは助手席にいる彼の息子――十二歳になるケニーに言った言葉だった。が、ケニーはそれを、父の独りごとだと思っていた。実際、シカゴを出発してからこのかた、それは何度となく無意識に父の口を突いて出た言葉だった。

少年は、助手席の窓枠に肘を突き、ブラック・ベリーの繁殖する野原をぼんやりと眺めている。

静かだった。ほんの三日前までの出来事が嘘のようだ。

ことの起こりは、半年前の息子の失踪だった。ケニーはその日、カンザスの我が家の前で友人と遊んでいた。そこに乗りつけた黒いワゴン。その車に乗っていた二人の男が、彼をさらったのだ。父の目の前だった。

ウイリアムは、犯人を追った。事件を調査するうちに、それが単なる誘拐ではないことが判明した。政府の上層部に属するとある機関が絡んでいた。しかもそれは、ケニーの出生以前、おそらくは妊娠した妻のエリザベスが『ハリントン&グレン・クリニック』という産婦人科にかかって以来、ひそかにクラーク一家に暗雲を投げかけ続けていたのだ。

ヒバリの鳴き声がした。ケニーは眩しそうな視線を空に向けた。

「母さんのところに行こう」と、ウイリアムは言った。

少年が振り返る。「帰れるの？」

「わからない。だが、俺たちには、他に行く場所がない」

「あいつらは、もうあきらめたの？」

「いや、あきらめたりはしないだろう。今も俺たちを捜して、走り回っているはずだ」

彼は、伸び放題になったままの無精髭を、ザラザラとさすった。〈ＳＴＰ〉とオイルメーカーのロゴが刺繍されたキャップを取り、額の汗を拭う。

彼らの傍を、一台のハーレィ・ダビットソンが追い抜いていった。その大型バイクのハンドルを握っているのは、皮のつなぎを着た大柄な男だった。ウイリアムは視線を釘付にして、バイクが視界の向こうに消えていくまで見送った。

そしてまた、息子を見た。ケニーは親指の爪を噛んでいる。小さな頃からの癖だった。

彼の母は、それをよく叱ったものだ。

「ぼく、母さんに会いたいよ」少年は、か細い声で言った。

「父さんもだ」彼はそう答え、息子の肩を抱いた。

やがて、その手をシフト・レバーにかけた。レバーはまるで怯えているかのように、小刻みに震えている。

アクセルを踏む。空を突き上げるエキゾーストパイプが黒い息を吐き、エンジンが生き返った。そしてトラックは、銀色の長大なトレーラーを引いたまま、ゆっくりと走り出した。

キングスヒルという小さな街で、次元大介はフォードのスティションワゴンを乗り捨てた。

建物の数が、数えられるほどしかなく、街の端から端まで、からっ風が吹き抜けるようなところだった。にもかかわらず、ここにはかなり立派なレストランがあった。

旅行者や、トラックが頻繁に通り抜ける大きなハイウェイが通っているからだろう。この街の毎年の収益の殆どは、このレストランの売り上げの総額で、住民はみな、レストランか、それに関係する職場で働いているのじゃないか。次元はそう思ったほどだ。

『ガーデン・ハウス』という名のこの店は、派手なネオン付きの看板を屋根に載せ、次元を待っていた。入り口前の駐車場に、十台以上の車が停まっている。大部分は、ビジネスや旅行者のものらしい普通車だったが、一台だけ、大型トラックがあった。

銀色のトレーラーの側面に、何かがぶつかってできたように、大きな傷がある。ボンネットは、あちこちがへこんでいた。トラッカーは、ふつう自分の車を大事にするものだ。

彼はそのトラックを回り込み、レストランに入っていった。

ドアを開けた次元を、喧騒が取り巻いた。

店内は混雑していたが、窓際の席が二つ空いていた。その一つに座った。

ブルーグラスが、流れていた。テンポの早い曲だが、ボリュームを絞っているため、程よく耳に馴染む。うるさいのは、むしろ客の喧騒のほうだった。化粧板を張りつめた天井に、彼らの吹き上げた紫煙がわだかまっている。

騒音の間をぬうようにして、ウエイトレスがやって来た。ブロンドのポニーテールにそばかすだらけの顔。赤いドレスが、よく似合っている。

彼女にコーンビーフ・ハッシュとバドワイザーを頼んだ。それから、ポールモールの箱を取り出し、一本振り出してくわえる。

手前にあるもう一つの空席越しに、よれよれのジーンズ・ジャケットを着た中年の男が見えた。彼の向かいには、小柄な少年がいた。

ウイリアム・クラークと息子のケニーだった。ケニーは、ダース・ベイダーの姿がプリントされた青いTシャツを着ている。

父はハンバーガーとコーヒー。息子はオレンジ・ジュース。

子連れというのは妙だが——と次元は思った。ざっと見渡した限り、男はさっきのトラックの持ち主に違いない。あとの客は、十八輪の運転台に乗るにしては、服装が整いすぎている。

しばらくポールモールをくわえたあと、次元はジッポーの蓋を開けた。パチンとそれを閉めると同時に、紫煙が立ち昇った。埃だらけのガラス窓から外を眺める。何台かの車が、街道をすっとばしていった。

警察はあきらめるが、マフィアは決してあきらめない。

そんな台詞を、何かの映画で憶えていた。十日間、次元はルパンといっしょにひと仕事を終えた。ロサンゼルスにある、とある豪邸の地下に眠る八百万ドルのダイヤのネックレス。それを奪ったのだ。が、そのダイヤには、マフィアの息がかかっていた。

それを盗んだ翌日、重火器で武装した一団が、彼らのアジトを襲った。からくも脱出に成功したが、マフィアが相手となると、将来の見通しはよいとは言えない。コインを投げて決め、次元は相棒を逃がすための囮になった。

肺いっぱいに吸い込んだ煙を、彼はゆっくりと吐き出した。

向こうの席にいるウイリアムが、次元に視線を投げかけた。無精髭だらけのその顔が、痛ましいほどやつれている。目ばかりが、やけに大きく見えた。その表情の中に、なぜか怯えが読み取れる。

男が、視線をそらした。今度は少年の目が、次元を捕えた。まるで肖像画の人物のように、瞬き一つせずに、彼を見据えている。

――どういうことだ。次元は思った。この少年の目は、追いつめられた獣の目だ。

そばかすだらけのウエイトレスが、コーンビーフ・ハッシュを持ってきた。その横に、バドワイザーの瓶とグラスを乱暴に置いた。

彼女が店の奥に去ると、クラーク親子はよそを向いた。が、しかしどちらも視線が定まっていない。父親がコーヒーカップを持ち上げようとして、受皿をカタカタと鳴らした。じきに、飲むのを放棄した。

次元は溜息を突き、バドワイザーをグラスに注いだ。コーンビーフ・ハッシュのほうは、およそ料理とは言えぬ代物だった。せっかくの新鮮な材料を、調理という名の蛇足を加え、台無しにしてしまっている。彼は好き嫌いの激しい子供のように、それをフォークでつつきまわし、やがて諦めた。苦い表情で、バドワイザーを飲む。

その時、車の音がした。店の前に、一台の緑のシボレーが停まった。四つのドアが同時に開き、人相の悪い男たちを吐き出した。

店の窓ガラスは土埃でひどく汚れていたが、次元はそれを透して、男たちの姿を認めた。葬儀屋のそれのように黒いネクタイが、音もなく風に躍るのが見えた。

連中だ。街外れに捨てたフォードのスティションワゴンを見つけられたのだ。この街で、よそ者が来るところといえば、ここしかない。やつらにとっては、簡単なことだっただろう。

——ごく初歩的な推理だよ。ワトスン君。

どういうわけか、あまりに莫迦らしいジョークが脳裏に浮かんだ。次元は苦笑した。

ユタの田舎街のレストランで銃撃戦。どうかしてるぜ、まったくよ。

次元は立ち上がった。同時に、彼の前にいるウイリアムも立ち上がった。

再び、視線が絡み合う。

レストランの入り口のドアが、乱暴に押し開かれる。四人の男たちが飛び込んでくる。

客の何人かが、悲鳴を放った。奴らが持っている銃を目にしたからだ。

ウエイトレスが盆といっしょに紅茶を落とす。派手な音がし、リノリウムの床に落ちたカップが割れ、中身をぶち撒ける。

次元がさっと屈み込み、背広を後ろにはねあげた。その右手に、魔法のように拳銃が現れた。S&Wモデル19。通称、コンバット・マグナム。

男たちの手には、銃身の短いスナブ・ノーズ・リボルバーがある。

銃声が轟いた。そこらじゅうの客が、いっせいにテーブルの下に隠れる。

四人組の先頭の男が倒れた。

次元大介は、驚いて振り返った。

撃ったのは――、ウイリアム・クラークだ。その手に、大型のオートマチックが握られていた。発砲で弾き飛んだ空薬莢が、乾いた音をたてて床をはね、次元のいるテーブルの脚に当たっている。・四十五口径だった。

一瞬の間のあと、今度は入り口の連中が打ち始めた。闇雲にぶっぱなしている。窓ガラスが粉々に砕け、花瓶が壊れ、まずい料理や、煮詰まったコーヒーがいっせいにひっくり返る。次元はテーブルを蹴飛ばして倒し、その後ろから、二発撃った。

さらに、二発。

二人の男が、背後に吹っ飛んだ。

一人は入り口近くの壁に叩きつけられ、そこに血の跡を残して床にへたり込んだ。もう一人はカウンターの後ろに転がり込み、絶命した。二人とも、胸板をぶち抜かれている。

最後の男。こいつは戦闘をあっさりと放棄してしまった。

くるりと踵を返すや、店の外に一目散に逃げ出した。緑のシボレーに飛び込み、エンジンを大袈裟にノッキングさせながら走り出した。次元はそれを窓越しに認め、コンバット・マグナムをベルトにはさむ。

店内の悲鳴は、まだ続いていた。ウイリアムが、床に倒れている。ズボンの左脚に、血がにじんでいる。少年が、父を抱え起こそうとしていた。その傍らに、銃が落ちていた。

次元は一瞬戸惑い、それからウイリアムに肩を貸した。

「あんた、誰だ?」彼はうめきながら訊いた。

「ともかく、ここを出よう」

次元に支えられ、父親は店を出た。息子は、そのあとからついて来た。トラックのドアを開け、次元が彼を担ぎ上げる。ステップに脚をかけ、高い場所にある運転台に彼の躰を押し込む。少年を乗せたあと、次元は運転席側から入った。ウイリアムからキィを受け取り、それを差し込んで廻すと、ディーゼル・エンジンが低く吠え、生き返った。莫迦でかいハンドルに手を掛け、アクセルを踏み込んだ。

巨竜のような十八輪トラックが、猛然と走り出した。バックミラーには、レストランから飛び出してくる客やウエイトレスたちの姿が映っている。

「あんた、政府の手先じゃないのか？」と、ウイリアム・クラークが言った。

「そう、見えるか？」

「さっきは見えたんだ。でも――」彼は眉根を寄せた。「今は違うようだな」

「さっきの四人も、政府とは関係ない。ＬＡから来たマフィアの連中なんだ。あんたじゃなく、おれを狙ってたんだ」

トラックのスピードは、徐々に上がっていった。

次元大介は、十八輪のトラックを転がすのは十年ぶりだった。が、躰が覚えていた。

2

アーティ・ジェイムスンは、三本目のマールボロに火を点けた。

吸い殻が一つ、クライスラーの灰皿の中で折れ曲がり、もう一つは足元の床に落ち、踏み潰されている。

吐き出した煙が、窓の隙間から車外へ吸い出されていった。

クライスラーは、キングスヒルの街の中央。二つの道路が交差する、その手前の路肩に停まっていた。

助手席に座る男は、相変わらず寡黙を保ったままだ。フロントガラス越しに、前方にある『ガーデン・ハウス』のネオン付きの看板を見据えている。駐車場の端に、見覚えのあるトラックが停まっている。

親子がレストランに消えてから、かれこれ一時間が経過している。客の出入りは激しく、すでに何台かの車が出入りしていた。あの東洋人らしい痩せた男が入ったのは、二十分も前だったろうか。濃い色のスーツと、ボルサリーノらしい中折れ帽を被り、顎下にはピンと反り返った黒髭を蓄えていた。

男の歩き方を見て、只者じゃないと踏んだのはアーティだけではなかったはずだ。

彼は〝スパイダー〟をチラリと振り返った。セラミック合金でできたような、無表情な横顔。アーティは苦虫を嚙み潰した気分で、窓の外に目を遣った。

まあいい。俺たちは、あの親子を片付ければいい。東洋人がいようが、ヒスパニックがいようが、知ったことじゃない。

その時、レストランから銃声が聞えた。

最初は一発。そして、立て続けに数発。また、数発。ガラスの破砕音とともに、客の悲鳴が聞こえてくる。

アーティは、〝スパイダー〟を見た。彼は眉一つ動かさない。

舌打ちをし、ドアを開けようとした。その手を、蜘蛛の脚のようにか細い手が押えた。

一瞬、電気のようなものが伝わり、彼はビクッと肩を震わせた。〝スパイダー〟はその手を戻した。相変らず、フロントガラス越しにレストランを見ている。動いたのは、手だけだ。彼はアーティに一瞥すらくれなかった。

アーティはぞっとした。鳥肌が立っていた。この男の手には、体温というものがない。まるで——。そう、まるで、**死人の手だ**。

レストランのドアが開いた。男が一人出てきた。一目見て、その筋の人間と分かる。そいつが緑のシボレーに乗って去っていくと、今度は三人出てきた。

さっき見た東洋人と、ウイリアム・クラークと息子のケニー。

父親は、東洋人の肩にもたれ、脚を引きずっている。撃たれたのだ。

三人がトラックに乗ると、アーティはクライスラーのエンジンをかけた。そして、トラックの後を追って、街道を走り出した。

「おたがい、余計なトラブルをしょいこんじまったらしいな」

次元はハンドルに手を掛けたまま言った。突き出しぎみの顎。その唇には、折れ曲がったポールモールがへばり付いている。両者は、名乗り合ってはいたが、それぞれの身に降り掛かっている災難については、まだ一言も触れていない。

ウイリアムは、助手席のシートに身を預けたまま、黙り込んでいる。

傷ついた左脚は、破り取った上着のきれっぱしで、縛り上げている。貫通銃創だった。マフィアの放った・三十八口径の弾丸は、大腿部の肉をそぎ落としただけにとどまっている。ただし、出血はひどい。まだ止まっていなかった。

そんな父親を、息子のケニーが心配げに見つめている。

「あんたら、いったい何をやった?」次元は訊いた。

「何をやった？　やったのは、やつらのほうだ。俺は平凡なトラック野郎で、平凡な結婚をして、平凡な家庭を持ちたかっただけだ。やつら、それを滅茶苦茶に壊しやがった。無作為抽出とやらで選ばれたなんて言いやがって」

「無作為抽出？」

「女房が通った産婦人科のグレンていう医者だ。妊娠したベスは——エリザベスってのが女房の名前なんだが——『ハリントン&グレン・クリニック』っていう産婦人科にかかっていた。グレンというのは、『ミューティション』とかいう政府の極秘計画の中心人物なんだそうだ」

「待てよ。その計画なら、聞いたことがあるな」次元は呟く。「——そりゃ、政府というよりは、軍部——ペンタゴンのほうの管轄だぜ。遺伝子操作を、軍事目的に使うとかいった莫迦げた計画だそうだが……。俺はてっきり、ガセだと思っていた」

「『ミューティション』は存在するんだ。人間が生まれながらにして、遺伝子の中に潜在的に持っている記憶——遺伝的記憶って言うんだそうだが——それを軍事目的に利用する実験をしていたんだ。あらゆる戦闘のエキスパートとしての記憶を、DNA操作によって植え付ける。転生の殺人マシンとして、ケニーは生まれたんだ。俺の息子が、だぜ！」

ウイリアムは、しゃくり上げて泣いた。そして、堰を切ったように喋り出した。

「——無作為抽出なんだ。莫迦な話だ。この子が女房の腹の中で受精卵だった時分に、その特殊な遺伝子を持つ細胞を移植された。女房は、それにまったく気づかなかった」

「にわかには、信じ難い話だな……」次元は帽子の下で目を細めた。

「信じようが信じまいが、これが事実なんだ」ウイリアムはケニーの躰を抱き締めた。

「奴ら、その成果を見るために、息子を誘拐したんだ。半年かけて、俺は追いかけた。カンザスからミシガンまで。シカゴでやつらの秘密研究所を見つけて、このトラックで建物に突っ込んでやったんだ。痛快だったね。俺はスーパーマンよろしく、ビルの壁をぶち抜いて、息子を救出したんだぜ」

ウイリアム・クラークは、悲しげに笑った。その額に汗の玉が浮いている。銃弾による傷は、最初神経が麻痺するため、さほど痛くはない。だがしばらくすると、激痛が襲ってくる。その辛さは、次元にはよく分かっていた。今迄、何度となく味わった苦痛だった。

どうする？　次元は自問した。

袖振り合うも多生の縁——とはよく言うが、本当に国家機関が絡んでいるとなると、話は別だ。マフィアだけでもやっかいなのに、このうえ国を相手になんぞした日にゃ、命が幾つあっても足りねえな。しかし——、

生まれながらにしての、戦闘のプロフェッショナル。DNA操作による、遺伝的記憶の移入。突然変異体。ミューティション。

どうかしてるぜ。と、次元は思った。どう見ても、この少年はそう見えない。以前入手した情報によると、『ミューティション』の被験者は超人的戦闘能力を持ち、たった一人で、精鋭部隊を相手にして勝てるという。

莫迦げている。それでなくともとんでもない話なのに、その当人は年端も行かない子供なのだ。

助手席を、もう一度見た。

ウイリアムは息子を抱き締めたまま、目を閉じている。その目尻に光るものがある。

ケニーは、怯えた眼差しを次元に向けている。

彼はジッポーの蓋を開け、くわえっぱなしだったポールモールに火を点けた。

窓外に流れてゆく煙を、目で追った。その拍子に、ドアミラーに移る車の影が目に入った。飴色のクライスラー・セダン。乗っているのは、二人。以前、見たことがある車だ。

どっちの客か。

結果は同じだ。いまさら迷うまでもない。次元かウイリアムか、どちらかが間違った部屋のドアを開けてしまったのだ。こうなれば、行き着くところまで行くしかない。

彼はアクセルを踏み込んだ。メーターが、一気に七十マイルまで上がる。


「気づかれた。仕方ない、やるぞ」

アーティはハンドルに左手を掛けたまま、右手を上着の下に突っ込んだ。銀色に光るステンレス製のリボルバーが現われる。

「もうじき、峠だ。そこで、片を付ける」

不意に〝スパイダー〟が、しゃがれた声を出した。アーティは、ぎょっとして振り向いた。それは、死神の声のようだった。


「どうした？　やけに飛ばすじゃないか」ウイリアムが、不安げに聞く。

「車が追ってくる」次元はミラーに映るクライスラーに、顎をしゃくって見せた。

「くそ。また来やがったか！」

「今度も俺のほうに、用事があるのかもしれんぜ」

「どうするんだ？」

「何とかするさ」次元は、煙草の火が消えているのに気づき、窓外に捨てた。

トラックはクライスラーを後ろに従え、山道に差し掛かった。

　街を出て、だいぶ経つ。

　左右には、切り立った岩山が続いている。走るにつれ、それは近づいたり遠ざかったりする。自然の無意味な自己主張のようだった。岩山は、禿げ上がっているが、ところどころに杉の木が、ぽつぽつと立っていた。

　道は蛇行している。そのカーブの先が、峠に続いていた。峠の彼方には、ロッキー山脈が蒼茫と連なり、その雄姿を誇示している。

『コロラド州境まで、五十マイル』

そう記された標識が、トラックの後ろにすっとんで行った。

道の勾配が急になるにつれ、トラックのエンジンが息切れをし始めた。上り坂は、さらに険しさを増してきた。

時速六十マイル……時速五十マイル……四十マイル……。

ターボチャージャーが目いっぱい唸りを上げている。にもかかわらず、トラックのスピードは上がらなかった。トレーラー部が重すぎる。だが、その重さも、時には役に立つ。

そろそろ、来るな。次元はそうとらえた。

案の定だった。クライスラーは排気ガスをもうもうと吐き出しながら、追い上げにかかった。

右車線。次元はハンドルを右に切り、追い越させまいとした。衝突を避けるため、クライスラーは左側に寄った。左カーブ。トラックがガードレールを擦って、曲がり切った。クライスラーも、ぴったりとくっついてきた。再び加速してくる。トレーラーの左側面を擦り上げるように、ゆっくりと追い抜いてくる。エンジン音が、追ってきた。

次元はミラーを見た。車が大きく映っている。運転手は、思ったよりも腕がいい。加速と減速の判断が、絶妙だ。

クライスラーのエンジンの唸りが、急にかん高くなった。シフト・ダウンしたためだ。

車の速度に、グンと勢いが付く。そのまま、一気に追い上げてきた。

右カーブ。一瞬遅れたクライスラーは、すぐにまた、追い付いてくる。その屋根――オープントップから、身を乗り出した男の姿がある。大型拳銃が鈍く光っている。


〝スパイダー〟は、手にしたスタームルガー・スーパー・ブラックホークの撃鉄をゆっくりと起こした。シングル・アクションの大きな撃鉄は、小気味よい音を立てる。輪胴が六分の一回転して、止まった。
・四四マグナムのカートリッジを使用するこの拳銃は、その強大なパワーにおいて、いろいろなことが可能だった。タイヤをパンクさせる。エンジンのシリンダーをぶち抜く。車のボディごと、中の人間を貫く。
〝スパイダー〟は、三つ目の手段を選んでいた。

運転席が、近づいてくる。ハンドルを握っているのは、髭の東洋人だ。有体（ありてい）に言えば、何の関係もない第三者だった。が、〝スパイダー〟は、そういった――無関係な人物を巻き込まないという――一種のガンマン独得のモラルには、何の興味も持っていなかった。銃口と標的との間に立つ者は、たといそれが肉親であろうとも、排除せねばならない。

彼はスーパーブラックホークを持った手を、まっすぐに伸ばす。その延長線上に、次元大介の姿がある。

それは直感だった。

次元は、その瞬間に一気にブレーキ・ペダルを踏みつけていた。急激な減速によって、トラックとトレーラーの鋼鉄の巨体が軋む。

トラックは、急停止した。アスファルトと車体の間から、粉塵が立ち昇る。

次元はハンドルに押し付けられていた。クラーク親子はすんでのところで、フロントガラスをぶち破って、車外へ飛び出すところだった。

直後、トラックの前方にクライスラーが出た。タイヤの磨擦音を響かせ、停止する。

ルーフから身を乗り出した男が振り返る。ガラス越しに次元と視線が合った。覇気と覇気がぶつかり合った。その瞬間に、彼らはお互いの力を認識した。永遠にも思えるような時間。だがそれは、一発の銃声によって、粉々に砕かれた。

フロントガラスが白く砕けた。次元のすぐ傍だ。破片が無数に飛び散り、そのひとつが次元の頬を切り裂いた。・四四マグナムの弾頭が、背後のプラスチック製の壁を破壊する音。

したたり落ちる血に気づかず、彼はシフトをローにぶち込んだ。クラッチを繋ぐと同時に、アクセルを強く踏み込む。

〝スパイダー〟は二発目を発射するため、再び撃鉄を起こした。その動作の間、スーパーブラックホークは微動だにせず、次元を捉えていた。

次元も、それに気づいている。が、彼は躊躇しなかった。

トラックが突っ込んできた。

〝スパイダー〟はフロントガラスに狙いをつける。

運転している男。照準はその髭面の顔にピッタリと合った。よろしい、あとは引鉄をゆっくりと絞り込むように引くだけだ。それで、男の顔は砕けるだろう。クラークと息子はそれから始末すればいい。

だが〝スパイダー〟には、たった一つだけ、誤算があった。それは、相棒のアーティ・ジェイムスンだ。〝スパイダー〟アーティは、驚愕の表情で、突進してくるケン・ワース社製のトラックを見つめていた。反射的に、右足がアクセルを踏み込んだ。

急発進。勢いで、〝スパイダー〟はのけ反った。

引鉄は引いた。が、それは撃つというよりも、暴発に近かった。

弾丸は、大きく外れた。トラックのボディをかすりもしない。

次の瞬間、衝撃があった。嵐に翻弄される木の葉のように、クライスラーはトラックに弾き飛ばされた。


すべては、次元大介の計算通りに運んだのだった。

ハンドルを握るアーティがどういう人間か、次元はもちろん知らない。が、そいつは必ずアクセルを踏むと思っていた。実際、その通りになった。あとは、次元のペースだ。無防備に横っ腹を向けたクライスラー。そこにトラックの鼻面をぶつけ、邪魔者を押し退けるように脱出したのだった。

ギアを五速に入れた頃、クライスラーが慌てて追いかけてくるのが見えた。

〝スパイダー〟はまだ、ルーフから身を乗り出している。その手にあるのが尋常な武器でないことは、次元に分かっていた。

幸い、道は下り坂になっている。追い付かれるまでに、しばらくありそうだった。

ウイリアムと次元は目を合わした。傷の痛みは相変わらずだが、思い鈍痛に変わっている。躰は、動く。助手席の下に手をやると、彼はポンプ式の散弾銃を取り出した。銃身の下のポンプを動かし、初弾を薬室に送り込む。

「俺も、この子の父親だ。やることはやるぜ」その声は、落ち着き払っていた。「――ケニー。お前は後ろに隠れていろ！」

少年は頷き、運転台の後ろ――スリーピング・ボックスと呼ばれる狭い空間に入る。運転手が仮眠に使うコンパートメントだ。藍色のカーテンを開け、ケニーがそこへ入ると、ウイリアムは窓の外を見た。クライスラーがぐんぐんと迫っている。

「今度はやつらも慎重になるぜ」次元はポールモールを振り出し、一本くわえた。箱の中にはあと三本しか残っていない。悲しげに、それを上着のポケットに戻す。例によって、まだ火は点けない。彼はポールモールの葉自体の匂いが好きだった。いつも、フィルターが湿ってくるまで、火を点けないのだ。

「ところで――」と、ウイリアムが言った。「どっちなんだ？」

「俺の相手じゃあねえ。あんたらのほうだ。マフィアにしては、ちと腕が良すぎる。どうやら、あんたたちのこと、信じなきゃなんねえようだな。奴ら、何だ？」

「『ＡＲＭＳ』の連中だ」

「なんだい、そりゃ？」

「ＣＩＡの下部組織の中で、特に非合法活動を専門に請負っているユニットだ。言ってみれば、国が飼っている殺し屋のグループだ」

「なんで、殺しにかかってくるんだ。あんたの息子は、大事な被験者だろう？」

「計画が、打ち切られたんだ」彼は悲しげに言った。「証拠はすべて隠滅ということさ」

「書類といっしょに、人間までシュレッダーにかける訳だ。ますますもって厄介だな」

銃声がした。車体に軽いショックがあった。

「タイヤをやられたぞ！」と、次元が叫ぶ。

「気にするな。タイヤなら十八もあるんだ。突っ走ってくれ！」ウイリアムが、銃床を肩に付け、窓の外に向けた。クライスラーが迫っている。

平地にさしかかった。左は牧草地。右は林。道は一本道だ。

ウイリアムが身を乗り出し、ぶっぱなした。反動で、その肩がビクンと揺れた。まだ、距離がある。特に散弾は、ロングレンジでは威力が期待できない。クライスラーの屋根から、〝スパイダー〟が二発目を撃った。再び、タイヤ。今度は、車体がガクンと揺れる。

スピードが落ちた。次元は仕方なくシフト・ダウンする。また、追い上げてくるのは分かっている。

その予想通り、敵はトレーラーの左側を抜きにかかってきた。

運転席側。ウイリアムは死角だ。銃を撃てない。次元は右手をハンドルに置いたまま、左手で腰の拳銃を抜いた。クライスラーの鼻っ面が、サイドウインドウの向こうに見えた。ルーフ。いや、〝スパイダー〟はそこにいない。助手席の窓だ。ルガー・スーパーブラックホークの凶悪な銃身が突き出される。

同じ手は使えない。と、次元はみる。道は直線。敵に分がある。

「危ないぞ！」ウイリアムが叫んだ。次元は、ハンドルを左に切った。トラックの巨体がクライスラーをはさんだ。ガードレールが火花を散らす。同時に、次元は拳銃を撃った。

左手の射撃には自信があった。だが、体制が悪い。・三五七マグナムの弾丸は、クライスラーの屋根に穴を開けただけだ。

ならば、こうするまでだ。

彼は、さらにハンドルに力を込める。火花が激しくなる。ガードレールが丈夫なら、敵の車体はつぶれる。

ブレーキの音が響いた。クライスラーは一瞬、トラックの後方に残される。が、また追い上げてきた。

今度は右だ。ウイリアムがいた。彼は、窓から身を乗り出した。

ショットガンの銃声。反動が彼の躰を大きくのけ反らせた。クライスラーのボンネットが、ヒンジからちぎれて吹き飛んだ。エンジンが派手に煙を撒き散らす。

「やったぞ！」ウイリアムが歯を剥き出して言った。「ケニー。奴らをやっつけた！」

「気を付けろ！　奴ら、まだそこにいるぞ！」

次元が叫ぶ。口から、火の点いていないポールモールが吹っ飛ぶ。クライスラーは白煙を曳きつつ、なおも惯性で走り続けていたのだ。

〝スパイダー〟が引鉄を引いた。

銃声と同時に、トラックのドアに穴が開く。その弾丸は、勢い衰えずウイリアムの腹をぶち抜き、彼の内臓を引っ掻き回して、背中のとんでもない場所から飛び出した。飛び散った鮮血が、次元の顔にかかる。

ウイリアムは、その一瞬驚いたような表情をした。自分の腹を見、次元を見、スリーピング・ボックスにいる息子を振り返った。それから、顔をしかめてくずおれた。

「くそっ！」

次元大介は、アクセルを踏み込んだ。

トラックは、クライスラーをグンと引き離して、走っていく。スリーピング・ボックスで、少年が身じろぎをした。自分の父が死んだことに気づいていない。

次元は黙ったまま、アクセルを踏み込み続けた。

3

エンジンが、真っ黒な煙を噴き上げて焼き付いていた。

エア・クリーナーはきれいに吹き飛び、ラジエターは怒り狂ったように、シュウシュウと水蒸気を上げている。ボンネットは跡形もなかった。

長距離用のバンドを備えた無線のマイクを置き、アーティは溜息を突いた。

彼は、自分がドジを踏んだことを知っていた。あの時、突っ込んでくるトラックに驚いてアクセルを踏んだりしなければ、仕事は終わっていたはずだった。〝スパイダー〟がウイリアム・クラークを仕留めた。それはいい。だが、あの運転していた東洋人と、何よりも肝心な、息子のケニーが生き残っている。

クライスラーは、もう二度と動かないだろう。

アーティはドアを開け、車外へ出た。じきにヘリが来る。これからのことは、『ARMS』本部に帰ってからのことだ。降格は覚悟するべきだろう。マールボロをくわえ、火を点けた。煙を肺いっぱいに吸い込んだ時、助手席側のドアが開いた。

〝スパイダー〟は、相変わらず、爬虫類のような目をしていた。その手には、スタームルガー・スーパー・ブラックホークがある。

アーティは呆気に取られ、箒の柄のように長い銃身が、鈍く光るのを見た。

「まさか……」アーティは、二、三歩後退った。「まさか、俺を？」

彼は〝スパイダー〟のような男が、冗談とはおよそ無縁であることを知っていた。それに寛容というものにも無縁であることも。すなわちアーティは、許し難い無能な存在なのだ。

唇にへばり付いていたマールボロが、ポロリと落ちた。彼は、さらに二歩退った。尻がガードレールに当たる。

不意に女房の顔が浮かんできた。ブロンドの髪のちょっとした美人。結婚して、三年と二月。子供が欲しかったが、どうしても出来なかった。その彼が、『ミューティション』の後片付けをすることになったのは、まったくの皮肉といえた。

ふと、庭に植えたばかりの芝生。青々と繁殖しているはずの芝生が、心配になった。莫迦げている。彼は自嘲した。女房はともかく、こんな場合に芝生はない。

心配するべきは、自分の命のほうなのだ。

アーティは、懐に手を入れた。自信はあった。・三五七マグナムを握った瞬間から、彼は確実に生き延びることを保証されるだろう。相手の銃は、シングル・アクションだ。そして、その撃鉄はまだ起きていないし、銃口も地面を向いている。

銃把を摑んだ。勢いよく、ホルスターから抜き出した。

簡単なもんだ。あとはバドワイザーの缶と同じだ。殺し屋の躰は、ビールの泡ならぬ、血しぶきを上げて吹っ飛ぶだろう。〇・五秒。その僅かな時間で、けりはつく。

だが、彼は知らなかった。〇・五秒は、あまりに長すぎたのだ。〝スパイダー〟に、そんなに長い時間は必要なかった。

アーティがステンレスの銃を構えた瞬間、〝スパイダー〟はスーパーブラックホークの撃鉄を起こし、彼の額の中央を撃ち抜いた。死体となった彼が驚愕の表情を浮かべ、ガードレールの向こうに転げ落ちるさまは、滑稽ですらあった。

その頃、千二百マイルも離れたミシガンの彼の家では、女房が大学教授である男と浮気をし、庭のスプリンクラーのスイッチには手も付けていなかった。おかげでアーティ・ジェイムスンの愛した芝生は、彼の心配とは裏腹に、徐々に枯れていきつつあった。

ケニー・クラークは、呆然としている。

最初、少年は父が死んだということを、認めようとしなかった。やがて、ウイリアムの目が、一対の翡翠(ひすい)のように生気を持たぬ茫漠とした光を放っているのを見た途端、ケニーはわっと泣き出した。

次元はトラックを、狭い林道に乗り入れた場所に停めていた。

陽が、西の山の向こうに隠れようとしている。オレンジ色に染まった空の一角に、チョークで筋を引いたような飛行機雲があった。林のどこかで、虫が鳴き始めていた。

次元は煙草をくわえた。残る二本が入った箱を、大事にポケットに仕舞い込んだ。例によって火は点けず、唇にはさんだままだ。

「いいかげんに、泣くのはやめろ」ぽつりと、彼は言った。

だが、少年は泣き止まなかった。父の遺体にすがったまま、低く嗚咽(おえつ)している。そのか細い肩が震えていた。Tシャツの袖から突き出した腕は、蚊トンボの脚のように細かった。この子の胸は、きっと洗濯板のように、肋骨が浮き出しているのだろう。

精鋭部隊を相手に戦える、生きた兵器。次元は、どうしても納得できなかった。何かの間違いなのだ。その、とんでもない間違いに、この親子は巻き込まれてしまった。

だが――

彼は頭を振った。まったくどうかしてるぜ。連中は、現実にクラーク親子を襲い、父親のウイリアムを殺したのだ。

政府の連中は、国家ってやつは、いったい何を考えていやがるんだ。

ポールモールのフィルターが、湿ってきた。火を点けるかどうか、考えた。

ハンフリー・ボガートは『マルタの鷹』で、こう言った。

――こいつは、ただの夢のかたまりだ。

まったくだ。大人どもが、揃いも揃って夢のかたまりを追っている。その夢ってのが、またろくでもない代物なのだ。しかし、この子にとって、それはむしろ悪夢だ。

次元はジッポーの蓋を開き、火を点けた。その火先に、ポールモールの先端を持っていく。チリリとかすかな音がした。紫煙が、車内に立ち昇る。

「ケニー」彼は、静かに言った。「やつらはまだ、お前を狙っているんだ。急いで出発しなきゃなんねえ」

嗚咽が止んだ。少年が、振り返る。目が赤く濁っている。頬に、幾筋もの涙の跡があった。

「タイヤを二つやられちまっている。交換しなきゃならねえんだ。手伝ってくれ」

ケニーは首を振った。何度も、振り続けた。

「やつらはお前の父親を殺した。次はお前だ。ケニー、お前自身が殺されるんだ。それを知っておかなきゃなんねえ。親父は、お前を守ろうとして死んだ。いくらぐずぐず泣いていたって、親父さんは生き返ってきやしねえ」

次元は、ドアを開けた。夕闇の気配が、漂っている。

トレーラーの荷台を開け、予備タイヤとジャッキ一式を取り出した。

少年は出てこない。次元は一人で作業を始める。

「ケニー!」彼は叫んだ。返事はない。仕方なくトレーラーの下にジャッキを挟み込んだ。車重があるため、ハンドルを廻すのにも、ひと苦労だった。かろうじて、タイヤが浮いた。続いてレンチを使い、パンクしたタイヤを取り外しにかかる。

少年は、父親の躰を離した。

サイドウインドウから、林の向こうに沈んでゆく夕陽が見えた。葉群が風に揺れると、その残光がチラチラと瞬いて見えた。もう一度、父の顔を見る。その死に顔は穏やかだった。

「ケニー!」また、自分を呼ぶ声がした。だが、彼は外へは出る気はなかった。

車の外には、彼を刺しに来る虫がいる。もっと怖いものが林のどこかに潜んでいるような気がする。それに、トラックの中は、暖かい。父親の腕に抱き締められているような気がする。ここにいるかぎり、安全だ。彼をどうかしようとする者は、このトラックには入ってくることができない。

陽が沈み、夜空に星が輝き出した頃、次元大介は作業を終えた。

車内にケニーの姿がない。しばらく周りを見回し、スリーピング・ボックスの藍色のカーテンが閉まっているのに気づいた。シートの背凭れ越しに、カーテンを一気に開けた。

少年は、ボックスの奥で、膝を抱えていた。

プラスチックの壁には、プレイボーイ誌から切り取ったらしい数枚のヌード写真が貼ってある。床には、飲んだまま放り投げられたクアーズの空缶と、くしゃくしゃに丸めて投げてあるシーツがある。

「ケニー、親父さんを埋めよう」

次元は声をかけた。少年は膝を抱えたまま、返事すらしない。次元はウイリアムの遺体をトラックから引きずり出した。そうして彼はもはや少年に声をかけず、林の一角に穴を掘り始めた。

穴を掘り終え、遺体を静かに横たえた。ケニーはトラックの窓から次元を見ている。その眼に、怯えの表情がある。

ケニーが、トラックを降りた。おっかなびっくりで歩いてくる。穴の底に横たわった父を見下ろし、両手の拳を震わせている。

「親父さんは死んだのだ。分かったか」

少年は微かにうなずいた。

このまま、置いていってもいいのだ。と、次元は思った。俺は、命を張ってまで、この少年を守る必要はない。

――だが、本当にそれでいいのか。少年を見殺しにして、俺は後悔しないだろうか。

次元は、くわえていた煙草に、火を点けた。そうしてそれが、すべて灰になるまで考え込んだ。

俺には自分のルールというものがある。どんな危険の中でも、俺はそれを守ってきた。

それは矜持――プライドの問題だった。

この少年は、生き延びるために何かを得なきゃならない。それは勇気かもしれないし、もっと別のことかもしれない。

ウイリアムが言ったとおり、この子がある可能性を秘めた——約束された能力をすでに備えている人間なら、俺はそれを引き出すべきではないのだろうか。ここまでかかわってしまったのなら、とことんやるべきじゃないのか。それが、次元大介のルールじゃないのか。

ルパンの奴なら、こんな時どうするだろう。

次元は、今この広大な国のどこかにいるはずの、懐かしい相棒の顔を思い出していた。

シカゴ、セント・ピーターズ通り——。

その四階建のビルは、表向き小さな貿易会社だった。一階は、確かにそうだ。外国の商社との取引をするための設備と、人員が僅かながら揃っている。が、そこから上は、一般人の立ち入りが禁じられていた。

何故ならばそこは、『ARMS』の本部だったからである。

二階には、最新のコンピューター設備があり、三階には、合衆国中から収集される電話や無線、インターネットの情報をさばくための集中管理システムが設備されている。そして、四階。

受話器を置き、ジェイムズ・ヒングリィは憂鬱げな表情をした。

彼は自分のデスクの前に、正確には電話の前に一時間近くも立ちっぱなしだった。

その足で窓際まで歩き、ブラインド越しにシカゴの街路を見下ろした。

入り口近くのデスクでノートパソコンを開いて仕事をしていた女性秘書が、怯えとも好奇ともとれぬ不思議な顔をして彼を見ていることに気づき、彼は軽く咳払いをした。

キィボードの音が、また始まった。

彼は指を伸ばし、窓のブラインドをそっと開けてみた。

シカゴは、彼がこの職についてから十年以上、何も変わることがなかった。マンハッタンの摩天楼じみたビルが、いくつか建っただけだ。いや、ひょっとしてこの街は、カポネの時代から、何一つ変わっていないのではないか。

行き交う人、車。排気ガス、喧騒、その他さまざまな騒音。

この『ARMS』の本部がある一画が、スラム街として悪名高いサウスサイドゲットーに近いためか、街の騒がしさはひとしおといった感があった。

夜になれば、喧騒はさらに激しくなる。強盗や殺人は、日常茶飯事だ。全米で有数を誇る警察の機動力も、住民の間で作られた自警組織も、この辺りでは何の力も持たない。

ジェイムズ・ヒングリィの、ただ一つの願いは、十年後に来るはずの定年退職を無事に終え、オクラホマの田舎に引っ込んで隠居することだった。その頃には、今年三十になる娘もさすがに結婚をし、孫もできているだろう。

防弾ガラス越しに、バス停にできた人の列が見える。その傍を、ショッピングバッグ・レディと呼ばれる女のホームレスがうろついている。古いビルの石段に坐り込み、缶ビールをあおっている若者たちの姿も見えた。

不意に、彼の胸を、ある不安がよぎった。

クラークの息子は、日本人らしき男に助けられたという。おかげで――たとえあれがアーティ・ジェイムスンのしくじった結果であろうとも――失敗を知らぬエージェント〝スパイダー〟の失敗を招いてしまったのだ。〝スパイダー〟本人はともかく、それはキャプテン・ジェイムズ・ヒングリィにとっても許されないことだった。

アーティは、殉職した。もともと、この仕事には向いていなかったのだ。

射撃の腕と、体力においては一流だったが、いかんせん彼は模範的すぎた。

『ARMS』に、月給取りは必要ない。〝スパイダー〟のようなプロフェッショナル――根っからの殺し屋こそがこの組織に向いているのだ。

それにしても、あの日本人。

CIA本部(カンパニー)に問い合わせて判明した奴の名前は確か、次元大介とか言った。このルパン三世の相棒とかいう男は、いったい何をするつもりなのだ。

ヒングリィは、窓に背を向けた。空調機から流れる冷やかな風が、彼の頰を撫でる。『ミューティション』は閉鎖され、その尻拭いがヒングリィのところに回ってきた。それはいい。いつものことだった。だが、第三者の介入で、その任務に支障をきたしたことなど、ただの一度もなかった。

今になって、何故――。

ぬるくなったビールを飲んだときのように、口中に不快な苦さがあった。

彼はパイル織りの絨毯を踏み、デスクに戻った。キィボードを打っている秘書が、また彼を一瞥した。ヒングリィは椅子に腰かけ、再び受話器を取った。

「ユタとコロラド全州に警戒網を張る。支局と、それから現地の警察機関に連絡を取ってくれ。理由は適当にでっちあげるのだ」と、彼は受話器に言った。

トラックは、闇を突いて走り続けた。

敵はいっこうに襲ってこなかった。が、諦めたはずはなかった。マフィア同様、国家機関も、諦めることを知らない連中だ。

蛇のように曲がりくねったハイウェイだった。ハイビームのヘッドランプの光に映し出された路面が、白く浮かんで見える。左右に続く林が、真っ黒な影絵となって後ろにすっ飛んでいく。

　助手席に座っているケニーは、相変わらず黙りこくっていた。右の親指の爪を噛んでいる。あらかた噛み終えると、今度は左の指に移った。執拗に聞えるカリカリという音が、次元には不快だった。

「ケニー?」次元はハンドルを持ったまま言った。「訊きたいことがあるんだ」

　少年は黙ったまま、爪を噛み続けていた。

「大事な話だ。つまり――」次元は顎鬚をポリポリと掻いた。

「お前の人生に関係することなんだ。親父さんが死んだあと、これからどうやって生きていくつもりなんだ」

　ケニーは窓外の闇に、じっと目を向けている。やがて、ぽつりと言った。

「母さんのところへ行くよ」

「お前が行くことで、迷惑をかけるんじゃないか?」

　ケニーは口を閉ざした。

「やつらは、お前の母さんを殺すかもしれん。殺さないまでも、ひどい目に遭わせるかもしれん。それでも、行くのか?」

少年は、答えなかった。また、爪を噛み始めた。

「ケニー。お前は、もう普通の子供じゃなくなったんだ。どういうのかな。つまり……運命の悪戯ってヤツでさ。今度のことは、ジュニア・ハイスクールの悪童（ワルガキ）にいじめられたのとはレベルが違う。親に泣きつく訳にはいかねえんだ。お前は自立して、大人になる必要がある。それも人一倍強い大人になるべきなんだ」

「あいつらと、戦わなければならないの？」

次元は頷いた。「必要とあらば、な」

そして、横目で少年を見た。まだ、爪を噛んでいる。

「ぼくはもとの自分に戻りたいよ」

「もとの自分を取り戻すために、戦うんだ。これまでは、お前の親父が代理で戦ってきた。だが、ウイリアムは殺された。もう、生き返りっこねえんだ。もとの生活に戻るには……。いや、ひょっとして、もう戻ることはねえかもしれねえが、生きるため、人生を勝ち取るために、必要なことなんだ。それを知るべきだ」

「戦うなんて、嫌だよ。殺し合いなんて、まっぴらだ。だいいちぼくは——怖い」

次元は眉根を寄せ、それからシートの後ろに立て掛けてあったショットガンを取った。

それをケニーに渡した。

「お前は……、そう。話によれば、お前はやつらを相手に、ちゃんと戦えるはずだ。何故ならば、やつらがそう作ったからだ」

少年は、震える手で、銃を取った。腫物にでも触るような手つきだった。

「ぼく、怖いよ」ケニーはか細く呟いた。

次元は目を細めた。

——俺はこの少年を、大人でさえ尻込みするような戦いの中に押しやろうとしている。だが、他に方法があるのか。どうすりゃいい？　このまま見殺しにするのか。それとも、死ぬまでこの少年を守り続けるのか。

「デンバーに——」と、次元は言った。「全国規模のネットワークを持つ新聞社がある。そこまで行こう。よくある方法だが、やつらも、マスコミにまでは手を出せないはずだ。ケニー、お前もそこまで頑張れ。うまく行けば、あとはどうしようと自由だ」

「母さんのところへ帰れる？」

「もちろんだ。ただし、長い旅になる。生きてたどり着けるって保証はねえ」

一車線の街道はどこまでも長く続いていた。いつ果てるともない闇。彼らは、その中を驀進している。

デンバーにあるコロラド州警察本部から無線が入った時、ジム・パーキンス保安官はブラッドリーミルの街にあるレストラン『オールド・ジャック』で遅い朝食をとっていた。

通信機は、女性の声で執拗にコールし続けた。

もちろん、ちっぽけな保安官事務所には、パーキンス保安官のただ一人の部下、マーク・スタントンがいるにはいた。が、彼はあいにくと外に出ていた。両耳にイアーマフを当て、おまけに三十ヤードはなれたマン・ターゲットに向かってコルト・パイソン・三五七マグナムをすさまじい勢いでぶっぱなしていた。

保安官事務所は、街外れにあり、騒音で住民から苦情が来ることはなかった。おまけに、そういうことにちょっとばかりうるさいパーキンス保安官も外出中だったため、マークは早撃ちの鍛錬に余念がなかったのだ。

銃の腕を磨くのは大いに結構だ。と、パーキンス保安官は言うだろう。——ただし、お前が相手にしようとしているジェシー・ジェイムズやビリー・ザ・キッドなんかの列車強盗(レイルライダー)や野盗どもが西部一帯を荒らし回っていた時代は、もう百年以上も前に終わっているがね。

六発の弾丸を撃ち終え、その空薬莢をエジェクター・ロッドを押して振り捨てた時、彼の耳にやっと無線の声が届いた。

三十分後、パーキンス保安官のパトロール・カーが戻ってきた時、マークは事務所の入り口で肩幅に足を開き、西部のガンマンよろしく意気揚々と立っていた。

「どうした？　マーク・ボーイ」保安官は太った躰で車を降りるなり訊いた。

サングラスを外し、ドア・ミラーに自分の顔を映してふくよかな頰を震わせてみる。レストランの女将がこう言ったことが妙に気に入っていた。――まあ、シェリフ。あんたって、ジャッキー・グリースンに似ているわ。往年のハリウッド俳優の名である。

「全州に非常警戒指令です。保安官」と、マークは言った。

パーキンス保安官は眉を上げ、助手の顔を見た。「珍しいな。ボニー&クライドがどこかの銀行を襲ったのか？」

「トラックですよ、保安官。青色のケン・ワースの十八輪トレーラー。乗っているのは東洋人とガキだそうです」マークはメモに書きつけたナンバーとその他の詳細事項をパーキンスに見せた。

「容疑は何だ。誘拐か？」

「それが、分からないんです。ただ、このトラックを見つけしだいふたりを確保しろという命令です」

「出どころは州警察本部なのか？　それとも、ＦＢＩ？」

「いえ、その……。もっと上からのようです」

「政府の何かの機関ということか？」

マーク・スタントンは曖昧に頷いた。保安官はいぶかしげに頬を歪め——もちろんジャッキー・グリースンの真似をしたのだが、マークには分からなかった——そのメモを四つに折り畳んだ。

「オーケイ。行こう」二人はパトカーに乗り込んだ。

4

ダラス上空の空気は、怒り狂ったように暑かった。

市街地を出ると、この熱さはさらにひどくなるに違いない。

アーウィン・グレン博士は、ヘリコプターの窓越しに下界を見ていた。機内のエアコンは、いっこうに効いていなかった。

禿げ上った額からは、ナイアガラの滝さながらの勢いで汗がしたたり落ちている。持参したハンカチをすっかり湿らせても事足りず、それはこめかみをとうとうと流れ落ち、彼の時代遅れのロイド眼鏡を曇らせるほどだった。

林立するビルディングの群れは、上空から見下ろすと、すっ裸の巨人の行進のようだ。行き交う車は、蟻の行列のように見えなくもない。

それにしても、暑い。ケネディが暗殺された日も、こんな暑さだったに違いない。彼の頭を砕いたのが、六・五×五二ミリ口径のライフル弾じゃなく、今日のような熱気だったとしても何の不思議もなかった。

『ミューティション』計画の中止以来、彼は常にクーラーを最大にかけっぱなしにした建物に閉じ籠っていた。外へ出たのは、何日かぶりのことだ。

シカゴの研究施設から、ケニー・クラークが連れ去られた時は、彼は絶望のどん底にあった。計画はなくなったが、その成果はまだ残っている。それが、グレンにとっての唯一の救いだった。最新の遺伝子工学の生み出した新人類。いつかはまた、脚光を浴びる日が来る。彼はそれを信じていた。

ヘリはさらに高空に舞い上がった。だが、暑さはますます募るばかりだった。このままでは、イカロスの翼みたいに溶けて落ちてしまうぞ。グレンはふと、そんな想像をし、苦笑いをした。

ともあれ、ダラスという腐った街を出られるのはありがたい。『ミューティション』が再開できないとなれば、もうここへは来ることはないだろう。が、出来るなら、違う場所で研究をしたいものだ。暑さだけはごめんだ。涼しい場所なら、どこだっていい。

アラスカや南極だって、ここよりはましというものだ。

「グレン博士」横に坐っていたサングラスの男が声をかけてきた。

「――コロラドに着いたら、まずこの男に会ってもらいます」

グレンは彼に写真を渡され、そこに映っている不愛想な男の細面をしげしげと眺めた。

「『ARMS』のエージェントかね?」と、グレンは訊いた。

「はい。今回の追跡の任務についています。じきに目標とコンタクトしますので、その時に博士のお力添えがあればと、こうして御足労願ったのです」

グレンは溜息を突いた。彼は、写真の男が気に食わなかった。その男のコードネームが〝スパイダー〟だということを知ったなら、もっと露骨に嫌な顔をしたに違いない。

彼は、蜘蛛が大嫌いだったのだ。


その頃、次元の乗ったトラックは、またもや危機に直面していた。

カーブの続く山道だった。

S字にくねる大きなカーブを回った時、ドア・ミラーに車の姿が入ってきた。

茶色のビュイック・セダンだった。が、次のカーブを曲がる時、金魚の糞のように、さらに後ろにピッタリとくっついているもう一台が見えた。霊柩車みたいに真っ黒いフォードのワゴンだ。

「ケニー、お客だ」次元は落ち着いた声で言った。

うとうとと舟を漕いでいたケニー・クラークは、その声でいっぺんに目を覚ました。

銃声がした。マシンガンの連続射撃音。

トラックの窓を掠め、見えない弾道が走り抜けていった。無数の弾丸が空気を削る音まで、はっきりと次元の耳に聞こえた。銃声がとぎれた時、彼は窓から顔を出し、振り返った。

二台とも、助手席の窓から男が身を乗り出している。その手にあるのはイスラエル製のウージー。ハリウッド映画にはよく出るが、実際、ギャングやマフィアの手にはあまり渡っていない代物だ。専ら好んで使うのは、海外のテロリストか、あるいは――政府に直属する某機関の連中である。

先頭車が加速し、追い上げてきた。

猟犬みたいに、獲物の脇腹に食らい付こうという魂胆だ。

次元はもう一度、振り返った。あの不気味な男の姿はない。それを知って、妙な安堵を覚えた。だが、ウイリアム・クラークを殺したあいつとは、いずれ決着をつけることになるだろう。それは、予感ではなく、確信だった。

「ケニー、銃を持つんだ」

返事がない。少年は座席の上で縮こまっている。ショットガンは、足元に落ちている。表情が、凍り付いていた。歯の根も合わないほど、ガタガタと震えている。

一瞬、彼は同情した。だが、それでは駄目だ。こいつが普通の子供として平穏無事な生活をする時はとっくに過ぎ去っている。

しかし、逃げるべきではない。

また、銃声がした。今度は、何発かが車体にめり込む。

ビュイックが、左側に食い付いてくる。

カーブ。それを利用し、次元は敵の車をトラックとガードレールの間に挟みつける。衝撃と同時に、赤と青の火花が散った。

前方で、ガードレールがとぎれた。その先は、大きな岩だ。ビュイックのドライバーが急ブレーキをかける。挟み撃ちから逃れたものの、ビュイックは後方でスピンした。フォードがそれを危うく迂回し、トラックに追いすがる。

トレーラーの右側。助手席の男が、マシンガンを構えている。

次元はアクセルを踏み込みながら、ハンドルをぶん回した。トラックが尻を振って、フォードを打ちのめす。

バックミラーがへし折れ、すっとんで行く。マシンガンの男が悪態をつく。

トラックは二台をかなり引き離した。だが、また追い付かれるのは時間の問題だ。

前方に、カーブがある。崖を回り込む、急カーブだ。

次元はとっさに判断した。さらにアクセルを踏み込む。時速六十マイル。カーブを曲が

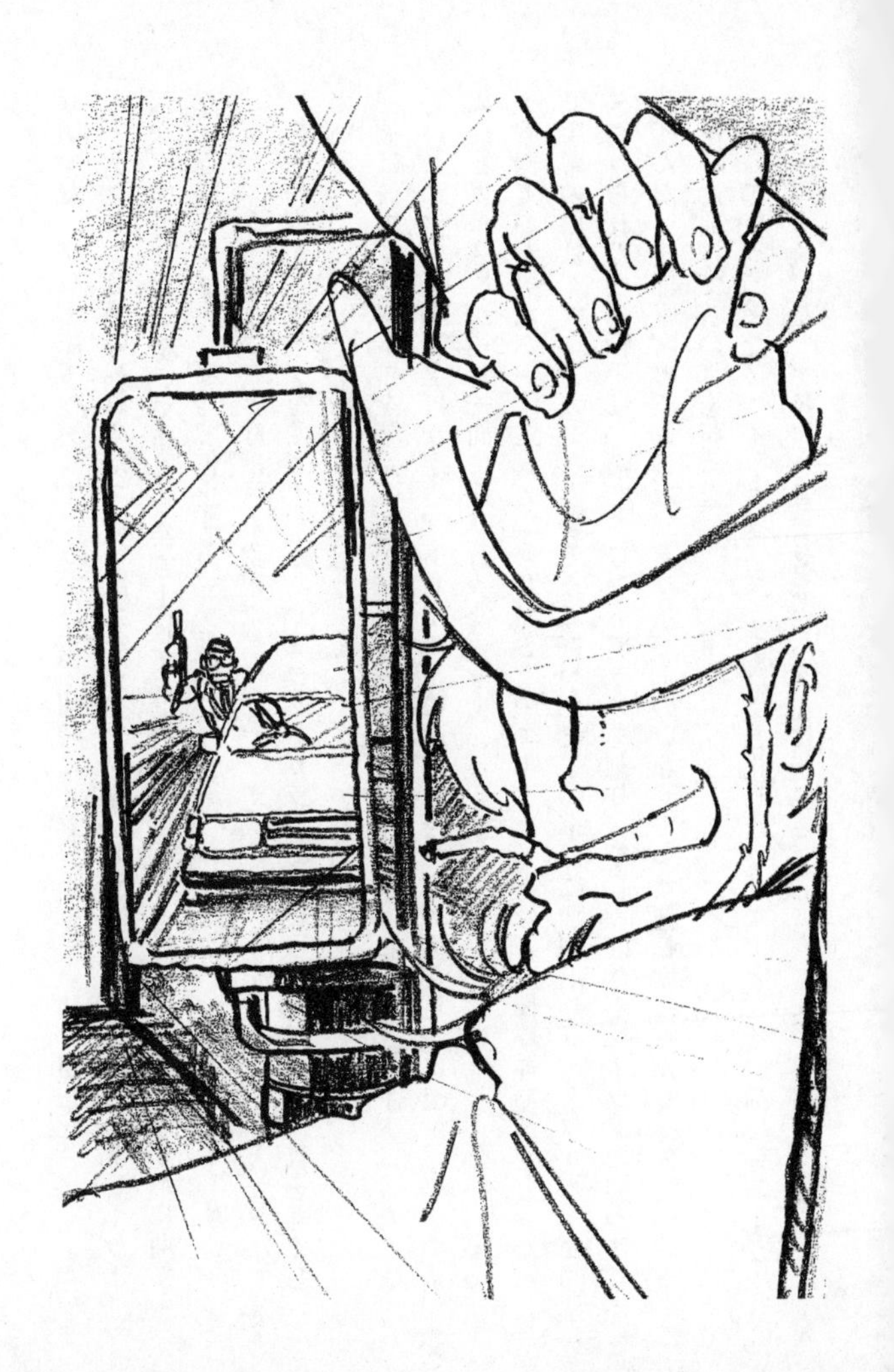

り切った。ブレーキ・ペダルを踏みつける。同時にハンドルを思い切り回した。

トラックは抗議の軋みをたてる。巨大なタイヤが煙を派手に上げる。後ろのトレーラー部が、すさまじい勢いで車体を突き上げてきた。そのままトラックは、くの字形に曲がり、道路いっぱいになって停止する。

『ジャック・ナイフ』と呼ばれる現象だ。

後ろの車が、カーブを曲がってきた。フロントガラスの向こう、運転手が、目を丸くしている。

彼は慌ててブレーキを踏んだ。が、もちろん間に合うわけはない。フォードはけたたましいタイヤの悲鳴を上げながら、トレーラーに激突した。鼻っ面が見事に潰れ、無数の金属片とガラス片が辺り一面に飛び散った。

乗っていた男たち——三人の『ARMS』のエージェントは、悲惨な運命をたどった。

助手席の男は、マシンガンを大事そうに持ったまま、車外に飛び出し、アスファルトに叩きつけられた。運転手は、額でフロントガラスを割り、ひしゃげたボンネットに突っ伏して死んだ。後部座席の三人目は、ドライバーのいなくなった運転席に転がり込み、ハンドルをひん曲げて首の骨を折った。

続いてやって来たビュイックは、スクラップと化したフォードと、その前にいるトラックを危うく避けた。タイヤを軋ませながら、左に折れる。

ところがその先のアスファルトには、フォードの助手席にいた男が転がっていた。ビュイックは停止を試みたが、遅い。男の顔をひき潰し、そのまま反対側の崖に乗り上げて、派手な土煙を立てて停まった。

トラックのドアを蹴飛ばして開き、次元大介が道路に降り立った。右手にコンバット・マグナムがある。

「ケニー！」彼は叫んだ。

少年は、返事をしない。溺れかかった子供のように、座席にしがみついている。

崖に乗り上げたビュイックが、ドアを開け放った。男が二人飛び出す。

次元は慎重に狙った。グリップを両手で保持し、半身立ちの射撃姿勢。乾いた金属音がし、小さな撃鉄が起きる。

敵の一人が、銃を向けようとした。次元は引鉄を絞った。銃声。コンバット・マグナムが跳ね上がるとともに、相手の男が大の字に倒れた。

二人目の男は、完全に狼狽していた。手にしたオートマチックを乱射する。次元の周りに、土煙が立つ。だが、彼は落ち着き払っている。親指で、ゆっくりと撃鉄を起こす。二発目を撃った。左の膝。男はバレエのダンサーのようにクルリと回転し、路上に倒れ込む。次元は、男に向かって歩いた。

その時、トレーラーにぶつかったフォードが、パッと燃え上がった。漏れたガソリンに火が点いたのだ。車体の下から出た火は、あっという間に全体を包み込んだ。

トラックには、ケニーがいる。

次元は走った。

開けっ放しのドア。それに手を掛けようとした刹那、だしぬけにトラックが走り出した。運転しているのは――ケニーだ。

次元はよろめき、路上に倒れ込んだ。同時に、フォードが爆発した。車体が一瞬浮き上がった。熱風が、吹き付けてくる。次元はアスファルトにしがみついたまま、走り去っていくトラックを見つめている。

くそったれ、と叫ぼうとした。声は出なかった。

膝を撃ち抜かれた男は、うめきながら路上に突っ伏している。次元は立ち上がり、そいつのところまで歩いた。男の膝は、血だらけだった。その躰を無理矢理引き起こし、彼は懐を探る。身分証明書が出てきた。

ジェフ・マクロスキー。オリエンタル・アーチ保険会社調査員。

もちろん、偽装のためのIDカードだ。

「くそったれ」と、今度は口に出して言った。男に何か訊こうとした。が、彼はその躰を離した。訊くべきことが、思いつかなかった。

次元大介はポケットに両手を突っ込み、猫背気味に歩き出した。

約半マイル先でトラックを見つけた時、次元はポケットに入れていたポールモールをすべて灰にしていた。

トラックは、路肩のガードレールに接触したまま、やや傾いて停まっている。トレーラーの側面部は、建築解体用鉄球をぶつけられたように大きく陥没し、その周りは焼け焦げている。

彼はいったん立ち止まり、それから運転台に向かった。

ドアを開くと、ケニー・クラークがハンドルに突っ伏すようにもたれ掛かっている。

「生きているのか？」

次元が皮肉を投げると、少年は顔を上げ、黙って頷いた。

「良ければ、運転を代わろう」

ケニーは助手席に移動し、そこに次元が乗り込んだ。トラックはエンストを起こして停まっていたようだった。ギアをニュートラルに戻して、エンジンをかけた。微かに震えながら、車体が生き返る。アクセルを踏み込み、彼はトラックを走らせた。

「ひとりで逃げた訳じゃないんだろう？」と、次元はいった。

ケニーは答えず、自分の膝の辺りを見つめている。ジーンズの膝は、擦り切れて穴が開いていた。

「次元さん……」彼はかすれ声で言った。「もういいんです。ぼくは殺されたっていい」

「何だって、そんなことを言うんだ。生きようって意志はねえのか」

「あんなやつらにかなうわけがないよ。負けると分かっているのに、戦うの？　あんたはどうして、ぼくを守ろうとするの？」

「俺はガンマンだからな。ガンマンはこだわりを持たなきゃなんねえんだ。分かるか？」

少年は、小さく首を振った。

「こだわりってのは、つまり生き方のことだ。お前を見捨てるのは簡単だ。だが、そうすると、俺は自分の信条に反することになる。口にゃ出さなかったが、俺はお前を守るって約束したんだ」

「誰と？」声が震えていた。

「俺自身とさ」

「何のことだか、分からないよ。あんたはきっと、頭がどうかしているんだ」

次元は黙ったまま、ブレーキを踏んだ。トラックが停まると、彼は少年を外へ引きずり出した。その華奢な肩を車体に押し付ける。

次元は、少年の頬を殴った。

ケニーは吹っ飛び、アスファルトの上に突っ伏した。次元はゆっくり歩み寄った。ケニーは俯せのまま声を押し殺すように嗚咽していた。少女のような肩が、震えている。

「お前は、お前の親父のことだけを考えろ。あいつが、何故命懸けでお前を救おうとしたのかを考えろ。今はそれだけでいい」

次元は声を押し殺して啜り泣く少年を、トラックに担ぎ込んだ。再び走り出す時、ケニーはどこでトラックの運転を習ったのだろうと、ふと考えた。

ジム・パーキンス保安官は、モントウォールズ峠の途中にパトカーを停めた。サングラスを外し、胸のポケットに差し込む。ステットソンのテンガロンハットを脱いで、額の汗を拭った。助手席にいるマーク・スタントンは、ドアを開けて車外に出た。背伸びをし、まぶしげな双眸をアクリル・ブルーの空に向ける。

林の奥で、小鳥の声がする。野原に点々と見えるのは、紫露草(むらさきつゆくさ)の花だ。その上を、蜜蜂がうるさく行き交っている。

背後に続く道は、せりあがるように峠を越え、緩やかなカーブを描きつつ向う側へ消えていた。その向こうに、ロッキーの蒼い山々の連なりがある。前方は、なだらかな下り坂だ。林の間を抜けて、地平線に向かって一直線に伸びている。

その道の途中に、砂埃が見えた。

パーキンスはパトカーのドアを開け、ゆっくりと外へ出た。

「トラックじゃないな。あれは、普通車だ」と、目を細めて呟く。

「通しますか？」マークが訊いた。

「いや、念のためだ。停めてみよう。もしかすると、容疑者は車を乗り換えているかもしれん。とはいえ――」パーキンスは、苦虫を噛み潰したような顔をした。「何の容疑なんだ？」

車は、土煙をけたてて走ってきた。灰色のボディ。国産車ではない。日本車だな。と、パーキンスは思った。しかも、ずいぶんと古い型だ。

マークがパトカーに入り、警察無線の電力ケーブルの横に手をやった。そこに大きなボタンがある。力強く押すと、ダッシュボードに固定してあるライアットガンが取り外せる。十二ゲージの散弾銃だ。

車はすさまじい勢いで、坂道を登ってきた。保安官が合図をすると、その車は砂埃を巻き上げながら停まった。ドアが乱暴に開き、男が降り立った。年の頃は、五十かそこらだろう。東洋人のようだった。力強い顎と、太い眉が大袈裟な自己主張をしている。

もちろん、無線で聞いた容疑者の人相には程遠い。

だが、神よ。とパーキンスは呟いた。この男、くそ暑いさなかに、野暮ったいトレンチ・コートを着ていますぜ。

「検問中だ。身分証か免許証を見せてもらおう」彼は、油断なくホルスターに手を置きながら言った。

男は懐から手帳を出し、それをパーキンスに差し出す。ソフト帽の下から、鋭い目が睨み返す。

「ICPO特別捜査官……」と保安官はそれを読んだ。「ゼニガタ警部」

「さよう、日本の警視庁から出向してきた者です」銭形は唸るような声で言った。「いまあなたがたコロラド警察が追っている男は次元大介といって、かの名高き大泥棒ルパン三世の一味です。したがって、これは我々インターポールの捜査の範疇にあります。本件はこの私めに任せてもらいたいのですが」

パーキンスは、いぶかしげな顔をし、鼻を鳴らした。マーク・スタントンは噛み煙草を口にほうり込み、銭形を見据えた。二人とも、この奇妙な東洋人が気に入らなかった。

「急に言われても、困るね。我々は、上からの命令で動いているんだ」

「上から?　すると、FBIが絡んどるわけですか」

「FBIじゃない。政府のどこかの機関だ。おかげで、こっちも迷惑している」

「妙な話ですな」銭形は顎の下をポリポリと掻いた。「何かおかしな空気が漂っとりゃあせんですか」

「確かにな」パーキンスは、生まれて始めて、この東洋人と意見が合ったと思った。大し

た合致じゃないにせよ、だ。

　実際、理由の分からない非常警戒命令なんて、腰に拳銃を吊って歩き出して以来、初めてのことだった。

「ともかく、ここを動くわけにはいかんのでな。なんなら、俺たちといっしょに待っていてもいいぞ。ルパンだかシャンパンだか知らんが、やって来た時はあんたに任せる。こっちは、一刻も早く街へ戻りたいんだ。狭い街だが、保安官は俺たちだけだからな」

　銭形は、黙って頷いた。顎を返すや、車のドアを開け、乗り込んだ。

「どこへ行く？」

「命令の出所が気になるもんでね」彼は答え、エンジンをふかした。「私は、疑問は徹底的に解明せんと気が済まんのですよ」

　日本車がバックして、鼻面を元来た方向に向けた。そして再び、猛然と走り去っていった。

　パーキンスは肩をすくめ、助手を振り返る。彼も困ったという仕草を返してきた。

　しかし、保安官は今の男の最後の台詞が気に入った。粋なことを言うじゃないか。もう少し話す機会があれば、好意を持ったかもしれない。

　土煙を曳いて走る日本車が、地平線の彼方に消えると、パーキンスたちはパトカーに戻った。土煙は、風景画に刻み込まれた引っ掻き傷のように残っていた。が、やがて西風がそれをきれいに払拭してしまった。


〝スパイダー〟は、闇の中で目を開いた。

静寂を乱す爆音。それがしだいに激しくなり、最高潮に達して、また小さくなった。

彼は枕元に置いてある銃を取り、立ち上がった。

スタームルガー・スーパー・ブラックホーク。

この銃の、ズッシリとした感触が好きだった。輪胴の中には、六発の・四四マグナム弾が装填されている。拳銃弾の持つストッピング・パワーの限界を超え、ライフル並みの威力を備えた弾丸だ。立ち向かってくるグリズリーですら、仕留めることができる。

窓に引いたカーテンの向こうで、人声がした。

彼は肩に麻の上着を引っ掛け、銃をホルスターに差し込み、部屋を出た。


モーテルから出てきた〝スパイダー〟を見た時、グレン博士は戦慄を覚えた。

彼が初めて見る、本物の殺し屋だったからだ。写真とは、随分と印象が違っていた。実物は、もっと陰気で、鬼気迫る様相だった。カカシのように痩せ細り、日本のカブキ役者のように、吊り上がった鋭い目をしている。

グレンの乗ってきたヘリコプターは、モーテルの駐車場に着陸していた。

白く塗装され、民間用らしく装ってはいるが、こいつはヒューズ500。れっきとした軍事用の軽量ヘリコプターだった。ラグビー・ボールを思わせる胴体の下には二十ミリのバルカン砲を取り外した跡が残っている。

ヘリのローターは、グレン博士の背後でヒュンヒュンと不気味な音を立てている。

〝スパイダー〟は近づいてきた。風が、その長い髪を炎のように舞い上げる。

グレンは握手をしようと、右手を差し出した。が、殺し屋はそれが見えなかったとでもいうふうに、無言で彼の横を通り、ヘリに乗り込んでしまった。仕方なくグレンも、彼に続いた。

〝スパイダー〟は機内に入るや、後部室から、でかい〝武器〟を取り出した。

M-60機関銃。トラックのエンジンすらぶち抜く、という代物だ。もちろんグレンは、そんなことは知らなかった。彼の脳細胞に棲んでいる情報は、その殆どがバイオ・テクノロジーに類したものだったからだ。

博士は、おそるおそるパイロットの横——コパイ席に座った。

殺し屋の隣に座るなんぞまっぴらだった。〝スパイダー〟の隣りに座ることのできた男は、いるにはいた。が、その男は当人の手によって、二十時間ばかり前にあの世に送られていた。

ローターの音が高くなった。機体が、グラリと揺れた。

ヘリが飛び立ったのだ、とグレンは気づいた。小さくなっていくモーテルの入り口に、オーナーらしい口髭の男が見える。妖精(フォーニット)のように小さく見えたが、その顔に浮かんだ驚愕の表情はありありと見て取れた。

自分のモーテルの前からヘリが飛び立ったことに驚いたのだろうか。それとも、〝スパイダー〟がモーテルを去ったことで、胸を撫で下ろしているのだろうか、とグレンは思った。

5

次元たちのトラックが州境を越え、コロラドに入ってから三時間。

彼らは、ロッキーの懐に抱かれたサンタロゼという小さな街にいた。

危険を冒して、あえて街に入ったのは、食料を調達するためだった。また、弾薬も少なかったし、それに——煙草を切らしたという——次元の個人的な理由もあった。

この街は、幹線道路から離れていた。なおいいことに、ここには警察署も保安官事務所もなかった。日に二回、隣街のモントローズから州警察のパトロール・カーが巡回に来るだけらしい。

ハーロウ通りと呼ばれる目抜き通り。次元はその一画にトラックを停めた。

ケニーは、助手席で眠り込んでいる。

通りの向こう側に、ダンキン・ドーナツの看板が見える。店の前にはバス停があり、数人の客が並んでいた。じきに午後一番のバスがやって来て、彼らを拾って通りの向こうに去っていった。ハーロウ通りには、人の姿がなくなった。

次元は左右を見渡し、それからトラックを降りた。

雑貨屋(ジェネラルストア)に入り、ホットドッグをふたり分と、オレンジ・ジュースとクアーズの缶ビールを二本ずつ買った。それからポールモールも忘れなかった。

通りの外れには、小さなガン・ショップもあった。・三五七マグナムの弾丸を一ケース、十二ゲージの散弾を二ケース。人の良さそうな老店主が、「ハンティングかね?」と聞いた。次元は笑って、そうだと答えた。

トラックに帰ると、ケニーは目覚めていた。

頬に涙の跡がある。夢を見ていたのだろう。

「今から、ロッキーを越える。俺にとっても、お前にとっても、辛い試練になる」

次元大介は、エンジンをかけた。買ったばかりのポールモールを一本くわえる。

「死ぬのと生きるのと、どっちを選ぶ」

「ぼく、生きていたい」

次元は頷いた。

「なら、戦うんだな。人生ってなあ、大なり小なり戦ってなきゃなんねえもんさ。その中で、お前はお前自身の〝生き方〟を見つければいい」

シフトをローに入れ、トラックを出した。

ケニーは親指を口に持っていった。爪を噛もうとして、やめた。唇を嚙み締め、窓外を見る。トラックはゆっくりと、市街地を離れていく。


その頃、サンタロゼからシカゴを結ぶ一本の非常通信用回線が、生き返っていた。

情報を送ったのは、ハーロウ通り沿いのガンショップ『サンタロゼ・ハンティング&ツール』の主人、ハリー・キャロウェイ。次元に愛想よく、弾丸を売った老人だった。そして、通信の受取人は、シカゴ、セント・ピーターズ通りにある『ARMS』本部のジェイムズ・ヒングリィ。その情報は、さらに別の回線を走り、コロラド・エルバード山近くを飛行しているヘリ、ヒューズ500に伝わった。

モントウォールズ峠に向かって、まっしぐらに突っ走る次元たちは、もちろんそんなことを知るよしもなかった。

双眼鏡を覗いていたマーク・スタントンが、不意に叫んだ。

「保安官、トラックが来ます。青い十八輪だ。間違いない」

パーキンスは、パトカーからライアットガンを取り出した。警察無線のマイクを取ろうとしたが、その暇はなさそうだ。彼はドアを閉め、道の真ん中に立った。その横にマークが並ぶ。

派手な土煙が、近づいてきた。天に向かって突き立てた排気筒から、青白いガスが立ち昇っている。トラックが警笛を鳴らした。巨竜の咆哮のようだった。

パーキンスは散弾銃のポンプを動かした。

トラックがスピードを落とす。エア・ブレーキがしゅっと音をたてる。タイヤを軋ませ、ゆっくりと停車した。

ドアが開き、髭面の男が運転席から顔を出した。中折れ帽を目深に被っていたが、一目で東洋人と分かった。

「ブラッドリーミルの保安官だ。トラックを降りろ」パーキンスは落ち着いた声で言った。「お前たちは手配中だ。逃げたって無駄だぞ」

次元はドアを開けて、道路の上に立った。火の点いていない煙草をくわえていた。

その姿に、保安官は何故か親近感を覚えた。妙だな。今日は東洋人愛護ディか？

「俺はキッドナップをやってるんじゃねえぜ」次元はジッポーの蓋を開けた。ライターの火が煙草の先をなめると、そこがチリチリと音をたてて赤くなった。

「あの子の父親はな、殺されたんだ。誰が殺したと思う？　俺たちを捕まえるようにあんたに命じた連中さ」

パーキンスはしばしトラックの助手席にいる少年を見ていたが、黙って、サングラスを外した。しょぼくれたような、小さな目がそこにあった。次元はそれを見て、セントバーナード犬を思い出したが、その比喩は、もちろん保安官の気に入るところではないだろう。彼は依然、自分がジャッキー・グリースンに似ていると思っているのだ。

「何があったんだ？」と、彼は訊いた。

「話せば、長い。それに、ちょいとばかし突拍子もねえ話なんだ」

「それじゃ、通すわけにはいかんな。だいいちお前は、インターポールにも指名手配されている男らしい。ちょっと前にここに来た、ゼ、ニ、ト、ラとかいう日本の警察が教えてくれた」

「銭形だ。もうかぎつけやがったのか」次元はふうと煙を吐いた。

「だが、信じてくれ。これとそれとは、違う問題なんだ。俺たちは、何としてもこの山の向こうに行かなきゃなんねえんだ」

マークが一歩進み出た。腰の銃把の上で、手を開いたり閉じたりしている。

随分と古くさい挑発の手だ。と、次元は思った。いかにも、田舎の警官らしい。

それを、パーキンスが止めた。

ケニーがトラックを降り、次元の傍に来た。不安な面持で、保安官たちを見ている。

「どこへ行くつもりだ？」パーキンスが訊いた。

「デンバー。新聞社に駆け込んで、すべてを話す」

「その子は、何をしたんだ」

「なんにもしちゃあいねえ。それどころか、まったくあべこべだ。政府のある機関の奴らが、この子の父親を殺し、平和な生活を破壊し、あまつさえこの子の命までも奪おうとしているってえことだ」

沈黙があった。保安官の渋面が、一層険しくなり、そして僅かに緩んだ。

「お前は嘘をついていない」と、パーキンスは言った。「だが、俺には俺の役儀ってものがある。理由はどうあれ、お前たちを通すわけにはいかんのだ。お前たちが正しいのなら、裁判で決着をつければいい。協力は惜しまない」

「分かってねえようだな。裁判なんか、ねえんだ。連中は、俺たちを殺す気なんだ。あんたも下手にかかわり合うと――」

その時だった。

丘の向こうから、不意に爆音が聞えてきた。

四人の男たちが、いっせいに振り返る。そいつはアスファルトの後ろから、何の前ぶれもなく飛び出してきた。白い、ラグビー・ボールのような機体と、ヒュンヒュンと不気味な音をたてて回転するローター。

軍用ヘリ・ヒューズ500だ。〝スパイダー〟だった。側面のキャビンドアが開けっ放しになり、そこに機銃を構えた男が見える。〝スパイダー〟だった。

「ちっ！　あいつだ」次元が叫んだ途端、〝スパイダー〟の構えたM－60が猛然と火を吹いた。派手な土煙をけたてる弾着が、大きく曲線を描いて走った。その先に、マーク・スタントンがいた。

土煙が彼に追い付いた瞬間、マークの顔がぱっと砕けた。塗装用のスプレーのように、血が霧となって散った。保安官助手は、ものも言わずに倒れる。即死だ。

「走れ！　トラックの陰だ」次元はケニーの手を引き、大地を蹴った。だが、パーキンス保安官は、パトカーに向かった。

ヘリは、いったん上昇したあと、斜めに傾きながら降下に移った。

〝スパイダー〟は、座席から身を乗り出すように、機関銃を構えている。次元と少年は、すでにトラックの後ろに隠れていた。彼は不満だった。今、撃てる標的は、パトカーに向かって走っているマヌケが一人だけだ。仕方なく、その標的に狙いをつけた。

引鉄(トリガー)が引かれた。

耳をつん裂く銃声がし、銃口が死を吐き出した。排莢口から、無数の空薬莢が舞い上がった。

着弾の煙は、一直線に、パトカーに向かって走っていく。パーキンス保安官は、車の後ろに飛び込み、そこからライアットガンの狙いをつけた。素早くポンプを動かし、三発撃った。だが、高速で翔ぶヘリの前に、散弾銃はあまりにも非力だった。そこへ、M－60の弾丸の雨が到着した。強力な徹甲弾が十数発、パトカーの回転灯を粉砕し、屋根を貫いた。保安官は、のけ反って仰向けに倒れた。その躰の上を、怪鳥の影が通り過ぎる。

次元は、トラックのドアを開けていた。ケニーを押し込み、それから自分も運転台に飛び込む。パーキンスがやられたのは、視界の端に捕えている。だが、死んでいるとは限らない。救いに行く必要があった。彼らは、保安官を巻き込んでしまったのだ。

トラックのエンジンをかけ、アクセルを踏んだ。

ヘリは遙か向こうで旋回している。じきにまた来るだろう。

ハンドルを切り、トラックをパトカーに向ける。ブレーキを踏み込んで、パーキンスの傍につけた。ドアを開け、次元は飛び出した。

倒れている保安官を抱え起こす。生きている。弾丸は、左肩と左の脇腹を貫通している。重症だ。出血は激しく、四肢が痙攣している。トラックに引きずって行こうとするが、太った体型ゆえにままならない。

ヘリが旋回を終えた。次元に向かってくる。

「ケニー！」彼は叫んだ。少年は、蒼白な顔を覗かせた。だが、トラックを降りようとしない。ドアに手を掛け、震えている。

「ケニー、手伝うんだ！」次元は、歯を剥き出した。

〝スパイダー〟は、笑っていた。

久しぶりに、腹の底から笑える瞬間だった。標的は、撃ってくれと言わんばかりに、銃口の前にさらされている。まずは、あの東洋人だ。あいつをミンチのように粉々にしてやろう。それから子供だ。訳はない。簡単なことだ。

彼は銃を構えた。

その時、トラックのドアが開いた。

ケニー・クラークがアスファルトに降り立った。小さな拳が、力いっぱい握り締められている。彼は次元の傍に走り、パーキンス保安官の躰を抱えた。

〝スパイダー〟が、引鉄を絞った。ガス圧で機関部が作動し、毎分六百発の勢いで弾丸を弾き出した。

「急げ！」次元はトラックにたどり着き、ドアに手を掛けた。助手席。保安官をそこに押し込む。ケニーが、運転席に入った。小さな足が、アクセルを踏み込む。次元はドアを摑んでいる。そのまま、トラックは発車した。

間髪容れず、弾丸の嵐が、トラックを襲った。

フロントガラスが砕け、飛び散る。ドア・ミラーが吹っ飛び、ボンネットに無数の穴が開き、エア・ホーンが跡形もなく消失した。

ヒューズ500は、そのままトラックの上を通過した。空薬莢が霰（あられ）のように降り注いでくる。

トラックはまだ走っている。ケニーは無事だった。次元も、ドアの外にへばり付いている。彼はそのドアを開け、助手席に入り込んだ。パーキンス保安官を、後部のスリーピング・ボックスに移す。

「次元さん！」ケニーが彼に向き直る。一瞬、目が合った。

「よくやった。そのまま、突っ走れ！」彼はそう言い、保安官の躰をそっと横たえる。シーツを引き裂き、肩と脇腹の傷を縛り上げる。

パーキンスはうめき声を上げ、次元を見上げた。意識が戻った。

「俺は、撃たれたらしいな」と、彼は言った。「あんた、助けてくれたのか？」

「なにも言うな。まだ、助かったと決まった訳じゃねえ」

パーキンスは頷き、それから咳込んだ。口の端から、血がしたたっている。

「次元さん。また来たよ！」ケニーが悲痛な声を上げた。

「ガタガタ言わずに、走り続けろ！」彼は、助手席に戻った。

フロントガラスはほとんどなくなっている。そこから烈風が吹き込んでいる。その遙か高空で旋回しているヘリコプター。それはシネスコ・サイズのスクリーンを通して見る映画のワン・シーンのようだ。

ヘリが舞い戻ってきた。三度目の失敗は——おそらく、ないはずだ。だが、道は背の高いスプルースの林を突っ切っている。トラックの左右を、その木立が流れていく。

これならば、敵のサイド・アタックは効かない。来るとすれば、前か後ろ、侵入方向を変えるために、もう一度旋回する必要がある。

僅かだが、時間がある。

「ケニー、運転を代わろう」助手席の次元は、少年と入れ替わった。ハンドルを握り、アクセルを踏み込む。

爆音が、また近づいてきた。どっちから来る？　前か、後ろか。

不意に左右の林がとぎれた。四方は、まったくの平地になった。

畜生。次元はうめく。ヘリはそれを待っていたのだ。

爆音が、左から迫った。低空だ。地上すれすれに、こっちへ向かってくる。どうすればいい、走るしかないのか。アクセルを踏み続けるしかないのか。

前方に、ロッキーの高峰が連なっていた。それが、幻のように揺らいだ。

射撃音。サイドウインドウが砕け散った。何発かが、次元の左肩に食い込んだ。頭の中で、激痛が炸裂した。肉の焦げる臭い。ヘリの爆音が左から右へ。ステレオのように駆け抜けてゆく。

左カーブ。

くそったれ。次元は歯軋りをした。よりによって、こんな時にカーブだ。右手一本でかろうじてハンドルを回した。コーナーを、何とか曲がり切った。

ブレーキを踏みつけた。今度は、右カーブ。曲がり切れない。

タイヤが路肩に乗り上げる。ハンドルが追い付かない。車体が傾く。

「次元さん！」ケニーが悲鳴を上げた。

タイヤは縁石を砕き、さらにガードレールを押し潰した。後部の巨大なトレーラーが、車体を突き上げてきた。トラックは、さらに大きく傾き、鋼鉄の悲鳴を上げた。

「ケニー、摑まってろ！」

腹の底に響く唸り声とともに、トラックはゆっくりと横倒しになった。


意識が戻った時、次元大介は頭を下に、不安定な恰好でうずくまっていた。

射ち抜かれた肩の傷。それが、燃えるような痛覚を放っている。だが、痛いというのは死んでいない証拠だ。ひん曲がったハンドルが、胸を押え付けている。左の頰の傍に、彼の拳銃が転がっていた。

ケニーを探した。

助手席は彼の遙か上だ。そこに少年の姿はなかった。首をねじ曲げ、背後のスリーピング・ボックスを見る。パーキンス保安官が、彼に背中を見せている。保安官の肩は微かに動いている。生きていた。

ヘリのローター音。低く緩やかだ。次元は首をねじ曲げ、ガラスのなくなった窓から外を見た。

トラックは、草原に転がり込み、横倒しになっていた。広い平原に、立木が数本。その間に、四角い石や、十字架が立っている。

次元は気づいた。ここは墓場だ。人に忘れられ、芝生が草原となり、古い墓標が雨曝し(あまざら)となった墓地だ。

その一画に、ヘリコプターが着地していた。ドアが開き、三人の男が立っている。

右端にいる男を、次元は知っていた。執拗にトラックを狙ってきた殺し屋。彼は右手にスタームルガー・スーパーブラックホークを持っていた。

あとの二人は、次元には初対面だった。が、一人はヘリのパイロットだと分かる。つなぎのスーツに、キャップ、サングラスといった格好は、いかにもそれらしい。もう一人、古道具屋でしかお目にかからないようなロイド眼鏡をかけた背広の男。

彼らの前に、ケニー・クラークが立っていた。

次元は、トラックから這い出そうとあがいた。

「ケニー、久しぶりだね」ロイド眼鏡の、グレン博士が声をかけた。

「あなたたちは、何人殺せば気が済むんですか?」少年は、そう言った。その口調が、やけに落ち着いている。台詞だって、今までの彼のものとは違う。

次元は彼を見た。ケニーは、震えてはいなかった。何かが、変わっている。

「仕方がないのだ、ケニー」と、博士が答える。

「——もともと、非合法な実験だった。二十年前から、私は周囲の反対を押し切って進めてきたのだ。お前はその実験の、唯一の成果だった。ところが、政府は我々にまわす予算を打ち切った。被験体が——つまりお前のことだが——あまり芳しい成果を生まなかったからだ」

次元は、何とかトラックから這い出すのに成功していた。だが、躰が言うことをきかない。左手は、まったく動かない。そして、彼は歯軋りした。右手首の骨も、折れている！何とか拳銃を握るが、引鉄を引く力もない。

〝スパイダー〟が、銃の撃鉄を起こした。傍にいたグレン博士が、殺し屋に向き直る。「殺すのか?」彼はうわずった声を出した。「それは困る。彼は……」

そう言いかけたグレンに、〝スパイダー〟は銃を向けた。顎下に銃口を押し付け、無造作に発砲した。

銃声。同時にグレンが血煙とともに、エビぞりになって倒れた。

「抹殺の指令は、とっくに出ている。あんたもな」そう言い、〝スパイダー〟は死体に唾を吐いた。パイロットの男が、二、三歩後退る。自分も殺されると思ったらしい。〝スパイダー〟はにやりと笑った。が、銃口はケニーに向いている。

次元大介は、その時、一つの可能性に賭けた。

他に方法はなかった。

彼は拳銃を握った手を大きく後ろに反らせ、それを投げた。コンバット・マグナムがゆっくりと回転しながら、宙を舞った。緩やかな放物線の頂点に達し、下降を始める。

「ケニー!」彼は、力の限り叫ぶ。「受け取れ」

〝スパイダー〟の注意が、一瞬それた。視線が、トラックの前にいる次元に行った。スーパーブラックホークの銃口が、無意識にそっちに向く。

その刹那、空中にあったコンバット・マグナムは、少年の頭上を飛び越えようとしていた。

ケニーは気が付いた。そして、一瞬にして、悟った。自分が、何をするべきかを。

華奢な脚が、大地を蹴る。

少年は、跳んだ。まっすぐに伸ばした右手が、次元の銃のグリップを捉まえた。

「撃て、ケニー!」次元大介は、開放感にも似た感覚にとらわれた。

着地しざま、少年は引鉄を二度引いた。

〝スパイダー〟の右脚が、血しぶきを上げる。

殺し屋は、うめいた。顔色を、失っていた。だが、判断力だけは失っていなかった。

彼は恐るべき敏捷性で、近くの墓石の後ろに飛び込んだ。ほとんど同時に、スーパーブラックホークを撃ち返した。二発。

銃声の余韻が消えた時、〝スパイダー〟の顔に、驚愕の色が浮かんだ。

少年の姿がない。彼の放った弾丸は、墓石の一つを砕いただけだ。

空気が、凍り付いていた。物言わぬ風すら、そよぐのをやめた。

強力な弾丸をくらったその墓石は、上部が砕けている。その後ろに、ケニーはいた。彼は、落ち着き払っていた。次元の銃の撃鉄を、ゆっくりと起こした。

〝スパイダー〟は、自分の心臓の音を聞いている。事実を認めるつもりはなかった。相手は子供なのだ。**しかも、『ミューティション』は失敗だったはずだ。こんなことが、あり得るはずがない。**

銃のローディング・ゲートを開き、残弾を確認する。あと三発。

墓石の後ろで、影が動いた。

彼は中腰になり、スーパーブラックホークの狙いをつけた。呼吸が、荒い。

——出てこい。頭を吹っ飛ばしてやる。

少年は、動いた。一秒の何分の一かで、その場を飛び出す。

〝スパイダー〟は、銃を向けた。

彼の人差し指が動くよりも早く、ケニーはコンバット・マグナムを撃った。殺し屋の腹が、パッと裂けた。
二、三歩よろめきつつ、〝スパイダー〟は撃ち返す。
彼は不死鳥の化け物だった。だが、彼の目の前にいる小さな影は、もっと恐ろしい化け物だった。

ケニーは素早く横っ飛びに身を投げ、隣りの墓石の後ろに飛び込む。弾丸は立て続けに二発、襲ってきた。空気を切り裂いたマグナム弾が、彼の頭を掠めるように飛んだ。

今なら、出来る。

と、少年は思った。確信だった。敵は六発の弾丸を撃ち尽くしたはずだ。それは、彼が持って生まれた〝血〟が教えてくれたのである。

ケニーは、墓石の後ろから転げ出した。伏射の恰好で、銃を構えた。

〝スパイダー〟は、よろけるように走っていた。彼の全身を、生まれてこの方一度も味わったことのない恐怖が支配していた。それは、死の予感だった。

ヘリコプターが、待っている。パイロットはすでに乗り込み、今まさに大地から浮き上がろうとしている。そのドアに、彼は飛び付いた。

彼らの遙か彼方で、次元大介はトラックにしがみつき、立ち上がった。

ちょうどその時、ケニーがコンバット・マグナムをぶっぱなした。反動を抑え、立て続けに三発。銃声は、ロッキーの山並みに当たって重なり合いながら帰ってきた。

上昇中のヘリの下腹に、異変が起こる。最初は三つのちっぽけな穴だった。が、そこから煙が噴き出し、そして閃光が瞬いた。

燃料タンクだ。ケニーの撃った弾丸は、正確に敵の急所を貫通していた。

ヘリは、派手な黒煙に包まれた。そして数秒後、爆発した。

空中に、紅蓮の花弁が開く。ローターが吹き飛び、ガラスや金属片が舞う。卵型のボディは黒煙を曳いて落下し、粉々に砕け散った。

〝スパイダー〟とパイロットは、その業火の中で、とっくに息絶えていた。

少年は、立ち上がった。

燃え上がるヘリの残骸に背を向け、次元に向き直る。悲しげな眼差しで、彼を見た。

「ぼく、やったよ」と、少年は言った。「これで、いいでしょう?」

足元に、拳銃が落ちた。ケニーは、歩いた。次第に駆け足となりトラックにもたれ、立っている次元の胸に飛び込んだ。

やがて、パトカーのサイレンの音が遠く、かすかに聞こえてきた。

6

二度目に意識を取り戻した時、次元大介は自分がいる場所がひどく揺れているのに気づいた。左肩と、右腕がひどく痛む。包帯が、巻いてあった。

不意にここが、車の後部座席だと気づく。窓際だ。隣りには、ケニー・クラークが座っている。さらにその隣りに、見覚えのある顔があった。

「よお、気づいたか」

野太い声。

「銭形のとっつあんか」

彼は頷き、次元の口に煙草を押し込んだ。彼が遠慮なくくわえると、銭形警部はライターで火を点けてくれた。ハイライトだった。故国の香りを胸いっぱいに吸い込み、ゆっくりと吐き出す。

「事情は聞いた」と、銭形は言った。「お前さんのおかげで、この国の汚点がまた明るみに出るところだった」

「出るところだった？」

「そうだ。政府の連中は、何とか手を打った。事件を揉み消すのは気にくわんが、そのかわり、お前とこの子の安全は、これから先、ずっと保証される。お前らを狙っていたマフィアのほうも手を打つそうだ」

次元はまた、煙を吸い込んだ。フィルターがチリチリと音をたてる。

「仕方あるめえ。確かにそれが、俺にとっても、この子にとっても、一番のような気がする」

「そういや——」と、次元は言った。

「あの保安官は、どうなった？」

「ジム・パーキンス保安官か。とっくに病院に担ぎ込まれたよ。さっき無線で問い合わせたんだが、何とか助かるそうだ。もっとも、彼にだんまりを決め込ませるのはちょいと骨が折れそうだが」

銭形は、口を閉じた。胸中、あまり愉快な思いを抱いていないのだ。

次元は、少年を見た。

ケニーの顔には、まだ泥がこびりついている。が、そこには、生気があった。

「お前はよくやった」

次元は、優しく声をかけた。

少年は、僅かの間黙り、言葉を選んだ。「ぼくには、他愛のないことだった。ぼくはそう作られた人間だから。でも――」その唇をギュッと噛み締めた。

「やはり、ぼくには向いていないよ」

次元は包帯だらけの右手で、彼の肩を抱いた。

「そうだな。やっぱ、お前には似合わねえ。銃を持つようなガラじゃねえよ」

「ぼくは、もとの生活に戻れるの？」

「ああ。お前を狙う者はいなくなった。『ミューティション』は、完全に抹消されて、メンバーは残っていない。もし、残っていたとしても――」

「ほかの誰かによって、消される？」

「そうだ。あの博士のようにな。お前は、これから自分のしたいようにやればいい」

「母さんのところへ、ぼくは帰るよ」

「それがいい」

「次元さんは？」

「このとっつあんに、聞いてくれ」銭形を見た。彼は黙ったまま、窓外の流れる景色を見ている。ウインドウの中に、あの刺すように鋭い眼差しがあった。

「次元さん。あなたは悪い人じゃない。ぼくは知っているんだ。それに——」不意に、涙声になった。「あなたはとても、立派だった。もしいいのなら、ずっといっしょにいたい。ぼくの父さんになってくれたら、ぼくはもっと幸せになると思う」

その拍子に、次元の口からハイライトが転げ落ちた。火が点いたままだったそれは、顎髭をじゅっと焦がして、それから床に落ちた。

「莫迦なこと言うんじゃねえ。俺はな、人の親になるような資格はねえんだ。ケニー、お前はもう、一人でやっていける。いいか。お前は、もういっぱしの大人だ。ただ、〝生き方〟を知らなかっただけだ」

少年は頷いた。「〝生き方〟ってことが、分かったような気がするよ」

それっきり口を閉ざした。擦り切れたジーンズの膝に、手を当てている。その指先の爪を噛んだ跡は、すっかりきれいになっていた。

「次元」と、銭形が口を開いた。「デンバーまで付き合ってくれ。そこからは自由だ。ルパンのところに行って伝えろ。今度こそ、必ず逮捕するってな」

「とっつあんよ」中折れ帽を目深に被り直し、次元は言った。「おセンチだな」

「俺は、センチメンタリストだ。悪いか」銭形は、むくれた。

「とっつあんよ」

「何だ？」

「悪いが、煙草もう一本くれ」

銭形は鼻に皺を寄せた。


ジェイムズ・ヒングリィは、憂鬱げにパイプをふかしていた。

開けっ放しのブラインドからは、相変わらずの喧騒が入ってくる。軍事費増強は大いに結構だが、と彼は思った。その分を街の浄化に回してもらいたいものだ。

窓越しに、街を見下ろした。サウスサイドゲットーの艶色を帯びたネオンサインが、彼を見つめ返し、媚びを売っている。ヒングリィは、そのネオンにパイプの煙を吹きつけようとした。が、果たせなかった。

シカゴは、相変わらずだ。それに比べ、私の力は衰えてしまった。

くわえっぱなしのパイプのボールの奥で、じゅっと音がした。苦い煙が口中に入ってきた。彼はしかめっ面をし、そのベント型のパイプをパイル織りの絨毯に放り投げた。

部屋には、誰もいない。秘書の机もきれいに片付けられている。彼自身も、明日からここへ来る必要はないのだ。引退が、十年早くなっただけだ。と、彼は思う。

消されないだけ、ましというものだ。

彼は自分のデスクに戻った。そこに一枚の写真がある。

ケニー・クラーク。もう二度と見ることもないだろうが、忘れられないものになるだろう。

ジェイムズ・ヒングリィはたっぷり五分間、写真をしげしげと眺め、それから傍にあるシュレッダーにほうり込んだ。

その家は、カンザス州オークリィの西の外れにあった。

スピルバーグの映画に出てきそうな、なだらかな丘に沿って作られた新興住宅地の一画だった。

ケニー・クラークは懐かしい我が家の前に立っていた。白いペンキを塗った木の柵。芝生の植えられた小さな庭。犬小屋。チューリップが咲いた花壇。そして、玄関のドア。

犬小屋から、ビーグル犬が顔を出した。ケニーを認めると、嬉しげに尻尾を振り、ワンワンと吠えながら走ってきた。少年の脚にじゃれつき、汚れたジーンズをしきりになめている。

玄関のドアが開いた。小柄な女性が顔を出す。

「ケニー？　あなた？」

エリザベス・クラークが、不安げに声を出した。やがて彼女は、庭の向こうに立つ、小さな人影を見つけた。

この数日間、何度こうしてドアの外を覗いたことだろう。だが、彼女は今、目の前に希望を見出したのだった。青い瞳が、少年の姿を捕える。彼女は、二、三度、目をしばたたいた。

息子の姿が、揺らいでみえる。が、幻じゃない。

「かあさん」ケニーは走ってきた。庭を突っ切り、母に歩み寄り、その躰をそっと抱き締めた。

彼女は最初びっくりした。息子に抱擁されたことは、思い出すかぎり、ただの一度もない。しかしその瞬間、エリザベス・クラークは、すべてを知った。

夫が死んだこと。そして、ケニーが大人になってくれたことを。

次元大介は、相変わらず火の点いていないポールモールをくわえていた。

ケニーが母親と抱き合ったまま玄関のドアの向こうに入ると、黙って引き返した。ポケットに手を突っ込んだまま、猫背気味に歩いてゆく。道路の向こうに、銭形警部が立っていた。トレードマークのトレンチ・コートのポケットに両手を突っ込み、日産ブルーバードのドアに寄りかかっている。その顔は、夕陽のなかで黒い翳となっている。

「終わったな、次元」相変わらずの、野太い声が響いた。

「ああ、終わった」彼は答える。

「これから、どこへ行くのだ、次元」

「どこへも行きゃしねえよ」

「なんだと?」

次元大介は、彼の横、ブルーバードの屋根にドンと手を突いた。「いいかげん、その下手な芝居に幕を下ろしたらどうなんだ?」

「銭形は、今ごろパリのICPO本部にいるはずだぜ」

トレンチ・コートの男の渋面が、不意に緩んだ。険しげな表情が大げさな笑みとなっていた。ポケットから手を出すや、それを自分の下顎にかける。勢いよく、フェイスマスクをひっぺがした。

「な？　に？」

「な〜んだ。分かってたのォ、次元ちゃん」素っ頓狂な声で、ルパン三世は言った。

「永年の付き合いだ。お前と本物の銭形の違いくらい、すぐに分かるさ」

ポールモールのフィルターが湿ってきた。ポケットをまさぐろうとすると、ライターを持ったルパンの手がすっと伸びた。煙草の先が蛍のように赤く光った。

「ありがとうよ、ルパン」

「なんだって？」

「俺があいつに教えようとしてたことを知ってたんだろう？」

「さあ、何のことだか」ルパンはすっとぼけた。

「へっ、相変わらずだぜ。お前らしいぜ」次元は煙を吐いた。「——ところで、マフィアの件は、御苦労だったな」

「いいってことさ。さあ、車に乗んな。次の仕事が待ってるぜ」

二人は、ブルーバードに乗り込んだ。

街を出ると、荒野があった。その中を、州間道路が一直線に続いていた。

次元は、一度だけ、後ろを振り返った。カンザス州オークリィ。あの少年の家のある辺り。街は夕闇に浮かび上がり、美しかった。

あばよ。彼は、心の中で呟いた。

――もう、二度と会うこたあねえだろう。

そのとおりだった。

それっきり、次元大介はオークリィの街には行かなかった。

ケニー――ケネス・クラークの噂すら聞くこともなかった。

おそらく、彼は自分の〝力〟をむやみに出さず、平凡な人間として成長したのだろう。

それが彼にとって、いちばんふさわしい〝生き方〟だったのだから。

『泥棒さんと、殺し屋さんと、……そして、ひとりの少女』

塩田信之

本文イラスト 山田みどり

——祖父は息を引き取る時、何も言い残しはしませんでした。

祖父の枕元、乾ききったかさかさの手を握りしめる私の手に、微かに握り返そうとする力が感じられました。

そして、例えようもないくらい優しい笑みを私に向けてから、静かに逝きました。握り返そうとする小さな力がふいに消え失せてゆくのが感じられたのです。

あまりに静かだったので、祖父はすうっと寝入ったようにしか見えませんでした。

しかし、私の手は、急激に下がってゆく祖父の体温を感じていました。

「……残念ですが……」

布団をはさんで向かい側に座っている医師の声が意外に大きく聞こえ、そしてふいに蝉の鳴き声が聞こえていることに気づきました。

もう九月も終わりのことです。

すっかり時季外れの、一匹だけ取り残された蝉が鳴いていました。

合唱してくれる仲間もない泣き声が、開け放たれた障子を通り抜け、静まり返った祖父の寝室に飛び込んでいました。断末魔にも似たその泣き声は、木立ちを透かして差し込む夕暮れの光に満たされた部屋を駆けめぐり、一枚の写真のように動かないわたしと医師に、まだ時間が流れている事を再認識させようとしているように思えました。

蝉の泣き声は、「さみしい。さみしい」と訴えているように聞こえました。

I

都内新宿区の某マンション。

「へー、ほー、ふーん」

リビングのダイニングテーブルに足をのせたルパンは、昼飯を食いに行ったついでに買ってきた写真週刊誌『ウェンズデー』を読んでいた。写真週刊誌の表紙には『スペイン、バルセロナのサグラダ・ファミリア、爆破さる!』(この物語はフィクションであり、実際の人物、団体、建物等とは一切関係ありません)、『新人賞タレント 三十歳年上のおばあさんとの交際発覚! 「老後を見守ってあげたくて」』などの極太ゴシックの文字とともに、『代議士小松原哲也、遺産相続で激怒。相手は十七歳の美少女』なる少々ひかえめな大きさの文字が、前衛芸術的な際どい格好のモデルの女の写真の横に並んでいた。

「おーい、次元。ちょっと見てみろよ。こいつぁ大事件だぜ」

「むーん?」

キッチンユニットからとぼけた声が返ってきた。

今、次元はある事に集中しているので、取るに足らない(いつものことだ)ルパンの言葉に構っている余裕がないのである。

男盛
元気なよごしやさん

次元の目の前では、小さなナベが水を満たして火にかけられていた。水は今にも沸騰しようとエントロピーを増している。

次元は右手に箸を持ち、左手に封を開けた『うまかっちゃん』の袋を握りしめていた。その目は、まるで仇敵でも睨むようにナベを見つめている。いつも『赤いキツネ』だとか『黄色い博多ラーラン』などのカップ麺ばかり食べているから、ちょっと気分を変えてみたつもりらしい。

「次元ちゃーん、ラーメンなんか後にしろよー」

「うるせぇ!! 俺は腹が減ってるんだ。ちょっと待ってろ!」

次元は、まるで咬みつきそうな勢いで言い返した。「……大体お前ェは俺を置いてひとりで飯食いに行ったくせに……」などとぶつぶつ呟いている。ルパンは諦めて次元が食事を終えるのを待つことにした。

「なんだよ、ルパン」

『うまかっちゃん』を食べ終わった次元が、めんどくさそうにルパンに聞いた。ルパンは、テーブルの上に写真週刊誌を広げて見せた。今はテーブルの上に足をのせてはいない。ラーメンを食べる時に次元が足をおろせと357マグナムを向けて脅したのだ。

「なになにい?」

次元が覗き込んだ週刊誌の見開きには、まるまる1ページを使った制服姿の女子高生の写真があった。その隣のページには、いかにも仲睦まじそうな老夫婦の写真と、しかめ面の参議院議員の写真。さらにふざけた口調で書かれた事件の概略がある。

遺産分割条件に不服。――参院議員・小松原哲也氏の腹の内

写真の美少女は、強欲政治家の異名で知られるテッちゃんの……なんと義理の妹。小松原和美ちゃん(17)。

先月の終わり、9月29日の夕刻。和美ちゃんを小さい頃に施設から引き取って13年間育てていたテッちゃんの父親、小松原徹斎さん(67)が中央区の豪邸で息を引き取った。

同家では、8月21日に徹斎さんの妻、道子さん(64)が亡くなっており、徹斎さんは写真を見てもわかる通り、「琴瑟相和す夫婦仲」という言葉がぴったりの愛妻家で、文字通り後を追うように逝去されたわけだ。

徹斎さんは、その御曹子と違って、まるで利欲に恬澹な人物で、妻を亡くしてからの数日は、身辺整理と遺産相続規定の取り決めに費やされた。「おじいちゃん」と慕う和美ちゃんが苦労しないように取り計らっていたのだ。

結果、美少女は邸宅を含む小松原家の遺産ほとんどを相続する事になったのだが、それが気に食わないテッちゃんが横から割り込んできて、

「もっと俺に遺産をよこせ」と言ってきた。しかし、徹斎さんの残した遺言書は完全なもので、弁護士がテッちゃんのわがままを退けた。そんなテッちゃんに言わせると、「この遺書は偽物」なのだそうだ。実子である自分が立ち合っていない遺言など認めないと言いはっている。結局、この問題は法廷に持ち込まれる事になった。テッちゃんが強引に訴訟を起こしたのである。

先に言った通り、徹斎さんの作成した遺言書は法定立ち会い人の元で作られた完璧なものである。ジョーシキ的に考えても、テッちゃんに勝ち目があるとは思えない。果たして、テッちゃんは何を考えているのだろうか。

先日、テッちゃんは筑紫忠久参院議員の長女美津子さん(26)の結婚披露宴の折、三階堂戻副総裁とテーブルを囲み歓談している。ナゴヤカな会話の中、三階堂サンが裁判の事を話題に乗せたところ、テッちゃんは明るく「イヤー、裁判は勝ちますよ」と答えている。ただ、その時のテッちゃんの笑顔が何となくギコチなかったせいか、三階堂サンもすぐに話の矛先を変えてしまい、一体どこらへんに勝算があるのかは、結局分からずじまいだった。

しかし和美ちゃん、写真を見れば一目瞭然、「おにゃん子」もたじろぐくらいの美少女。加えてお嬢さまときてるのだから、タレントデビューしたらいいのに!?

「これがどうしたんだ？」

次元がいかにもめんどくさそうに聞いた。

「どうって、わかんねぇのかよ次元。遺産だよ遺産。これを頂かねぇ手はねぇだろうが」

次元の気のない返事が気に食わないルパンは、ちょっと語気を荒くして言った。

「それにな、そのじいちゃんが道楽でやってた美術品コレクションの中に、有名な彫刻家の作ったオブジェがあるんだ。オレ今その彫刻家に凝ってんだよ」

「そりゃあお前の個人的な欲望じゃねえか」

「いーじゃねーか。その彫刻家の作品っつったら金銭的価値も凄いモンだぜ。……それに次元ちゃんの好きそーな女子高生もいる事だし……」

「誰が女子高生好きなんだよ」と言いながら、次元は今まで開いたままだった写真週刊誌を閉じた。

「ジョークジョーク。最近思い切った泥棒(しごと)もやってないしよ、近いから行ってこようぜ」

次元はふとルパンの顔を覗き込んだ。

「めずらしいなー。なんか普通に盗み(しごと)するのがすごくひさしぶりな気がするなー」

それは明らかにイヤミであった。次元は、どうもルパンの持ってくる盗みにはやっかいごとばかりで実質的利益に結びつかないものが多いとつねづね思っていたのである。

「わかった。この際俺もひと口乗るか」

「そーこなくっちゃ。それでこそオレ様の相棒、次元大介ってもんだ」

ルパンは笑って答えた。イヤミに気付いた気配はまったくない。次元大介はあきれて大げさに肩をすくめた。

2

「むむ……」

同時刻。ここは中央区、「小松原哲也代議士事務所」。ゴシック体の太い金文字で飾られた厚い扉の内側。豪勢な作りの高級マンション。その一室ででっぷりした人物がルパンの持っていたものと同じ写真週刊誌を広げて、いかにもにくにくしげにうなった。

悪徳代議士、小松原哲也である。

「でっぷりした」と表現したが、この表現はなま易しいと言えるだろう。一番端的にこの男を表現するには、「醜怪な肉の塊」とするのがいい。胴周りは少なくとも2メートルはある。彼の座っている椅子も、前にあるテーブルも特注のものに違いなかった。着こなしという言葉には永久に縁がなさそうなオーダーメイドの背広を作るには、シーツ二枚分くらいの布が必要なのではないだろうか。

彼を何かに例えてみると、「鏡餅に手足が生えたような」形をしている。それは、まんじゅう——彼の顔は、髪の毛の生えたまんじゅうそのものだった——の載った二段重ねの鏡餅だ。一段目は胸、二段目は腹である。腰などはみ出た腹に隠れて見えやしない。

「こんな記事を書きおって……」オールバックのまんじゅうが呟いた。

「えーい、いまいましい。どうしてくれよう……」

彼自身、現状のままで裁判に勝つ事が出来るとは思っていなかった。小松原和美には、徹斎の雇った腕利きの弁護士がついているのだ。

いらいらと考え続けるが、いっこうにいい方法を思いつく事ができない。彼は、この件を『影の総裁』に頼んでみる事にした。

『影の総裁』とは、巧妙にマスコミから隠されているが、裏から総理大臣を操っている男のことである。彼が参院議員になれたのも、ひょんなきっかけからその『影の総裁』と知り合うことができたからだった。

小松原哲也は、『影の軍団』という番組が好きだったが、この際それは関係なかった。

彼は巨大なデスクの片隅にある電話の受話器を取ると、ある金融会社のナンバーを押した。『影の総裁』は、普段カモフラージュのために、その金融会社の社長という肩書きを使っていた。

池袋は西口の、ゲームセンターやのぞき部屋などが軒を連ねている通り。そこをちょっと入った所に、その金融会社はあった。1階に『ファッションパブ　まり花』がある雑居ビルの3階である。

フロアの一角に、ドアと薄いベニヤ板の壁で仕切られた小さな部屋がある。ドアには小さなプラスチックのプレートが貼りつけてあって、「社長室」とあったが、他にこのフロアにまともな応接セットが見当たらないので、客の応接室も兼ねているようだった。壁には「誠実」「実直」「低金利」「無担保」等々の文字がザラ紙に書かれて貼られている。

小松原哲也は、何度ここへやってきても失笑を漏らさずにはいられなかった。壁の文字はたちの悪い冗談にしか思えないのだ。悪虐な利率の噂は彼も耳にしていた。「雪ダルマ式」とか「ネズミ算」という言葉が生易しいと思えるような、すさまじいものだという……。さらに、取り立ての方も、すさまじさを極めている。この土地柄からもうかがえる通り、いわゆる「筋もの」が総動員で取り立てに出向くそうだ。……ちなみに、そのサラリーローンの名称は『ごくらくローン』である。

哲也が電話で某(なにがし)金融会社の社長こと『影の総裁』に相談してみたところ、総裁は明るく「その娘を片付けてしまえばいいじゃろうが」と答えた。彼が、どうやって、と聞き返すと、ここにやってこいと言われたのだ。電話のニュアンスでは、ここで『殺し屋』を紹介しようとしているらしい。彼は『影の総裁』の力に疑いなどひと欠けらも持っていなかったので、すぐにここへやってきたのである。

あまり美人とは言えそうもない女の事務員に「社長室」に通された哲也は、「社長」がやってくるのを待っていた。

彼はやがて壁から離れると、しみったれたソファの埃を嫌悪の表情を浮かべて執拗に払ってから、ハンカチを取り出してしき、その上に居心地悪そうに座った。彼は、なぜ『影の総裁』ともあろう方が、こんなセコイ金融会社などやっているのか気になったが、さすがにその質問を本人にしてみる気にはなれなかった。

「待たせたの」

たてつけの悪いドアをきしませながら、驚くほど代議士に似かよった体形の初老の男が「社長室」に入ってきた。

代議士は、不快なソファから腰を上げると、入ってきたその男に黙礼を返した。その男こそ、『影の総裁』と呼ばれる日本の政界の「裏の」重鎮だった。

ふたりが向かい合うと、鏡餅がふたつ並んだような格好になった。髪の毛としわの量が違っていたが、そのふたりは鏡の中の映像のようにそっくりだった。代議士がこの総裁の息子だと言えば、その言葉は彼が小松原徹斎の息子だというよりも説得力があるのは間違いない。

そして、初老の人物の後ろに、もうひとり男がいた。巨大な肉まんじゅうふたりと一緒にいると、中肉中背のその男がまるでミイラのように細く見えた。

「この方は？」

小松原の口からうめき声にも似た声が漏れた。

「おお。お前にこの男を紹介しようと思って連れてきた」

「あ、どうも。私が今度仕事を頂く事になる……その、殺し屋です」

ザンバラの髪にこけた頬。あごや鼻の下にはうっすらと不精髭さえ浮いている。気弱そうな優しい目に、終始小さく愛想笑いを浮かべた口は、どこから見ても気のいいおじさんにしか見えなかった。

「はあ」

小松原はあんぐりと口を開いて約三十秒間茫然とした。

「ちょっと……」

小松原はめまいがするとでも言いたげにこめかみを押さえながら、総裁の袖を掴むと部屋の片隅へと引っ張った。

「本当にあの男で大丈夫なんですか？」

自称殺し屋への心配りからか、声を心持ち小さくして言ったが、元々ぼろい金融会社の小さな社長室の中なので、代議士の心配りは無駄に終わっているようだった。

「あん？　何の事ぢゃ」

「何って、あの男が殺し屋って顔ですか。本当に殺しなんかできるんですか？」

小松原代議士はいかにも信じられなさそうに言った。

「今までわしが間違ったことをやらせたか？　そうそう、この男のことはコードネームで呼んでやってくれ。改めて紹介しよう……」

金融会社の社長は代議士を殺し屋の前までひきずり戻して、言った。

「殺し屋、ラブリーエンジェル・ゴルゴ0013号だ」

「は？」

「長いので普段は0013（ダブルオー・サーティーン）でかまわん」

「……何考えてんだ」

代議士が頭を抱え込んでいる所へ、そのラブリーエンジェル・ゴルゴ0013本人が口をはさんだ。

「社長、そのコードネーム使うのやめましょうよ」

「何だと。いかにも強そうで、しかも優しさの垣間見えるコードネームが欲しいと言ったのはお前だろうが」

「しかしこの名前は……あまりにも……」

「えーい、黙らんか。わしが気に入っておるのだから、これがお前のコードネームに決まりなんだ！」

しばし目が点になっていた代議士は、やっと正気に戻ったようだった。よろける体を何とか支えながら社長に言った。

「……そんな事はどうでもいいから仕事の打ち合わせをしましょう。打ち合わせを……」

「ふむ、そうじゃったの。……お前、あの娘の写真か何かを持っているか？」

小松原は不安を隠し切れないながらも、持ってきていた写真週刊誌を取り出した。それを開き、小松原和美が大きく写っているページを殺し屋に見せる。

「実はこの娘なのだが……」

「かわいいお嬢さんですね……」

0013は写真を見て、代議士にそう言った。その顔は、一瞬、ふと何かを思い出したように悲しそうな表情に変わり、また元の温厚な表情に戻った。

「ふん、そうかね」

小松原は不機嫌にそう答える。

だが、0013にはその声が聞こえなかったようだ。一抹の不安は残っていたが、三人は具体的な作戦を練り始めた。

3

その夜。

ルパンと次元は、五右衛門を引きずり出し、どうやってオブジェを盗み出すかを話し合った。やはり、相続問題でごたごたしてる最中に盗み出してしまった方がいいのではないか。こうした意見は三人とも同一だったが、屋敷の警備状況などが皆目分からない。こういう問題が起きている間だからこそ、普段以上に警備は厚くなっているだろうし、こちらにはその情報を集めている時間がない。

「ルパンー、めずらしくまともな盗みをやるのはいいんだけどよー、計画も立てないでやったら銭形のとっつぁんに捕まるのが落ちだぜ」

「拙者もそう思うでござる」

もうどーでもいーから当たって砕けようと言い出したルパンに対して次元が反論し、五右衛門も同意した。

「でもいつものよーに臨機応変にやってけばどーにかなるんじゃない」

根拠の全くないルパンの意見。

「お前はいつもそれだから……」

次元が反論しようとしたその時、部屋のドアが開き、きらびやかな光の塊が飛び込んできた。

「なにかおもしろそうなお話、してるわね」

真紅と金に彩られたチャイナ・ドレスは、かき上げた髪の下にあるうなじの白さを際立たせていた。ドレスは細く肩を包み込みながら胸部で大きく盛り上がり、それを過ぎると、へその位置がわかる位にぴっちりと、身を引き締めているウエストラインを浮き上がらせている。さらに、これまた大きくはり出した臀部(でんぶ)を越えると、際どい陰影を生みだすスリットから伸びた白い太腿(ふともも)が覗き、細く絞まってゆきながら床まできれいなラインを描いている。

視線を上げると、かき上げて止めた髪に白く大きな羽飾り。エキゾティックな七宝の大きな耳飾りと同じデザインの首飾りを細く白い首にかけ、ちょっとくすんだ色で統一されたブレスレットをちゃらちゃら言わせながら、小さくすぼめた紅の唇の前に軽く手を上げ、微笑んでいる。

その顔を彩る化粧は要点を押さえ、自分の美点をうまく強調している。肌の色——薄いファンデーション——をちょっと濃くしただけのシャドウ。元から長い睫毛(まつげ)にも手入れがゆき届いており、先っちょに軽くカールがかかっている。あとは、凄まじいばかりの紅。吸血鬼の印象を与える、血色の唇……

それ自体光を放っているような美貌は彼女の洗練されたセンスによってより引き出される事はあっても、ひとつの魅力も殺されるような事はなかった。

あらゆる礼讃の言葉を書き連ねてもいっこうに終わる気配のない美女は、言うまでもなく、峰不二子だった。

鼻の下を伸ばしてぼーぜんとしているルパンと、また余計な奴が来やがったといわんばかりにいっせいに不機嫌顔になった次元と五右衛門の三人に向かって、音がしそうなくらい壮絶なウインクを投げかけると、不二子は再び血紅色の唇を開いた。

「おもしろいお話なら私も参加させてくれなくちゃ……ダ・メ・じゃない」

あーあ。

次元と五右衛門は深いため息を吐いた。

「なるほどね。その小松原さん家の警備状況なら分かるわよ」

今回の作戦の概要をルパンから聞き出した不二子は、突然思いがけないことを言った。

「えっ、不二子ちゃん、知ってるの？」

きょとん。とした顔でルパンは聞き返した。無視を装っていた次元と五右衛門も思わず顔を上げて不二子の小悪魔的な笑いに視線を向ける。

「あん。なにもわたしが知ってるなんて言ってないじゃない。それを調べる方法があるのよ。そうね、今から調べる？」

「もっちろん」

弾むように応えたルパンに、不二子は優しく囁いた。

「それじゃあ、あたしの部屋まで、来・て」

がびーん。

ルパンは飛び上がった。

「行く行く。もー不ぅ二子ちゃんとだったら、どこだって行っちゃうわぁ」

すっく、と立ち上がった次元と五右衛門が、全く同じタイミングで同じセリフを（細部のディテールは多少違っていたが）言った。

「もちろん俺たちも（拙者たちも）ついて行くぜ（行くでござる）」

ルパンはふてくされたような表情を浮かべた。その表情からは、どちらも「今度こそルパンの勝手は許さない」という心情を読み取ることができる。

ルパンには思えたが、それは彼の願望による幻の映像だったのだろうか？　不二子も不満そうな顔を浮かべたように

さて、ここは不二子の超豪華お金持ちマンション（ちなみに場所は広尾）。ルパンのマンションも高級ではあったが、不二子のマンションは、それに『弩』が（別にイギリスの戦艦ドレッドノートは関係ないが）５つも６つもつくような代物。『超どどどど高級マンション』だったのだ。

ルパンはめずらしく次元と五右衛門の言うことを聞いた。——というよりも気迫に負けてついてこさせざるを得なかった。四人で連れ立って入った不二子の部屋には、どうも不二子のイメージに似つかわしくない物が置いてあった。

巨大なガラステーブルに派手なレースをかけ、その上にちょこんと鎮座している最新型の、デスクトップ型としてはずいぶんと小型化されたパーソナルコンピュータ＝パソコン。

「小松原邸の警備だったら、やっぱり大東邦警備保障よね？」

ルパンに不二子が同意を求めた。こぎれいに片付いた部屋の中で、少年のように居場所を失って困っていたルパンはうろたえて答えた。

「あ、うん、そうだな」

大東邦警備保障は東日本随一の警備会社として知られている。ちょっと料金は高いが確実だという評判である。

「何ぼーっとつっ立ってんのよ。座ったら。この絨緞、直接座っても気持ちいいわよ」

たしかに、くるぶしまで埋まりそうなくらい毛足が長く、ペルシャ風の模様で彩られた粉れもない高級絨緞は、そのまま座っても心地良さそうだった。

「はい、クッションあげるから。……ちょっと待っててね」

不二子はぼーぜんと顔を見合わせている三人に巨大なクッション（それぞれ、サル、イヌ、キツネの顔がかわいく刺繍されている）をぶつけると、隣の部屋に姿を消そうとした。「どこ行くのお？　不二子ちゃん」サルのクッションをうまくキャッチしたルパンが、いやらしくそれを見咎めた。次元と五右衛門はクッションを受けそこねて、次元はイヌのクッションに、五右衛門はキツネのそれに、それぞれ圧殺されている。
「ヒ・ミ・ツ！」不二子はぺろっと舌を出して笑うと、扉の向こうに姿を消した。

無情にも扉は閉ざされる。「へーんだ！」と下唇を突き出すルパン。

三人はあてがわれたクッションを絨緞の上に置き、恐る恐る座った。

ごてっ
ただでさえ毛足の長い絨緞に、これまたふわふわの巨大クッションを重ねて座った五右衛門は、いつも畳におせんべのよーな薄い座布団という組み合わせしか知らないので、バランスを取る事ができず、後ろに転がった。

「ぷふっ」

扉から顔を出した不二子が、五右衛門を見て吹き出した。

五右衛門は仏頂面をすると、クッションをわきにのけてさも座り心地悪そうに直接絨緞に正座した。ちなみに次元はあぐらをかき、ルパンはガニ股状に足を投げ出している。

「ごめんなさいね。五右衛門」

ピンクのサマーニットの上下（しかも下はミニのプリーツ・スカート）というラフな部

屋着に着替えた不二子は、五右衛門に向かって舌を出すと、自分もクッションを持ってきて（これの刺繍はうさぎさんである）パソコンの前に陣取った。

「見ててごらんなさい」

不二子は言いながらコンピュータ本体のメインスイッチを入れた。同時に最初から咬み込んでいるフロッピーディスクを読みとる小さな機械音が始まる。三人は体を乗り出すようにモニター画面を覗き込んだ。もっとも、ルパンだけはモニターよりもスカートから伸びている素足の方に注意が行っているようだったが。

「あほ！」――ペシッ。

三人が見ているのを確認するために振り向いた不二子はルパンの視線に気付き、右手でスカートの裾を心持ち引き下げながらもう片方の手でルパンの頬をひっぱたいた。

「いってぇなぁ。不二子ちゃん」

「ちゃんと見てなさいよ、画面を」

「見てるってば」

不二子は膨れっ面で不承不承納得すると、向き直って本体の横にある小さなCDプレーヤーのスイッチを入れると、トレイに銀色の円盤を乗せてドライブさせた。

「おい、音楽が鳴らねーぞ」

次元が、この女使い方もわからねーのか、という莫迦にしきった調子で言った。五右衛

門はＣＤそのものが分からないからきょとんと見ている。

「莫迦ね。これはＣＤ－ＲＯＭって言うのよ。音楽をかけるＣＤじゃないわ」

言いながら不二子の指は軽やかにキィボードを滑り、パーカッシブな音を立てた。画面上のカーソルが、横に移動し、「ダイトウホウケイビホショウ」という文字が浮かび上がる。連続でキイを叩く動作の最後に、ちょっと大き目のリターンキィを押し下す。すると、その文字列の下に、東京二十三区共通の０３で始まる電話番号がいくつか現れた。

「ね、これは電話帳なのよ」

「……ふ、ふん、そんなこたぁ俺だって知ってるさ」

不二子はクスクス笑いながら番号を金の万年筆でメモると、画面をクリアして、リセットしてからディスクドライブに入っているフロッピーディスクを抜き出し、別のディスクをセットした。

「ふーん、便利な物持ってるんだなぁ。不二子ちゃんは」

ルパンが感心したように言った。不二子はそれに対して、

「現代人ならこれくらいジョーシキよ」と斬り返した。

ルパン一家は三人とも現代人としては失格のようだった。

次元とルパンが苦い笑いを互いに向けあっていると、再びキィボードを叩く音が聞こえたので、また向き直った（五右衛門は未だに何が何だか分からないので、ずっときょとん

としていた)。

「見ててごらんなさい」

チン! かわゆらしい金属音を立てて、不二子の細い指がピンク色の受話器――ピアノをデザインしたものだ――を持ち上げた。それを、コンピュータ本体のわきに置いてある架台に乗せて固定する。

不二子は続けて小さな鍵盤を叩いた。ポンポンと鳴る小さなプッシュ音には、ちゃんとドレミの音階までついていた。同時に押した番号がテーブルの上のディスプレイに並ぶ。押した番号は、さっきCD-ROMで見つけた大東邦警備保障のものだ。

鍵盤を叩き終えると、コンピュータ本体のスピーカーからの電話の呼び出し音が聞こえ始めた。その呼び出し音は三回続き、接続がった。

ディスプレイに新たな文字が並んだ。

『IDバンゴウ ヲ ドウゾ』

不二子はフロッピーディスクのケースの横にあるカードケースの中をひっかき回し、一枚のカードを取り出すと、それを見ながらキーを押す。画面のカーソルは五ケタの数字を生んだ。画面はいったんクリアし、再び文字が浮かんだ。

『パスワード ヲ ドウゾ』

不二子は同じような動作を繰り返した。次にカーソルが生み出したのは、八文字の意味不明の言葉だった。文字を打ち込み終わり、画面は再度クリアしてから、どのプログラムを引き出すのかという質問が浮かび上がった。

「ラッキー！　通ったあ」

「不二子ぉ、一体何やってるんだぁ？」不二子が歓声を上げるのを見て、何をやっているのか全く理解していない次元が聞いた。ルパンはちょっと真面目な顔を不二子の方に向けているが、視線は、懲りずに画面よりもミニスカートに集中しているようだった。

「黙ってて、すぐに分かるわよ」

「へえへえ」次元はふてくされた声を出した。へん！　という感じでそっぽを向く。

五右衛門はいまだに、きょとんとしていた。

不二子はプログラムの一覧表を出すように命令すると、早い速度でどんどん流れてゆく文字に見入った。

「あった！」

不二子はその素早く流れる文字列の中から求めていたものを発見した。ブレイクキィを押し、文字の流れを止める。不二子は再びどのプログラムを引き出すかという質問の画面に戻すと、見つけたプログラム名を打ち込んだ。

「ルパン、これよ」

今まで不二子がやっていることをボケーっと眺めていたルパンは不二子に呼ばれてはっ

と気がついたように画面に見入った。

プログラム名は『コマツバラテイ　ケイビシステム』。ルパンの目の前でそのモニターに小松原邸内の見取図と庭の全景がワイヤーフレームで浮かび上がり、警備員の配置などがグリップの点滅で表示された。さらに交代時間や特殊警備などがカタカナ文字ではなく、漢字とひらがなの混じった文章によって映し出された。

ルパンと次元が歓声を上げた。

五右衛門には、いまっだに不二子が何をやっていたのか分からなかった。……結局ずっとぼーぜんとしていたのである。

4

次の日。前夜に取り決めた作戦通り、ルパンと次元は、電気工事作業員を装って、夕方の中央区を電気工事会社の黄色いトラックで走っていた。

小松原邸の西側の塀の前にその車は止まり、工事のため迂回せよという看板を立てた。

次元が命綱をつけて電柱に登り、作業をしてるふりをして邸内の様子を窺う。

どうしても一緒に盗みに入るとごねた不二子が『ウェンズデー』誌のライバル誌『ROUGH』の記者という触れ込みで遺産相続人になるはずの少女、小松原和美を取材しに中に入り込んでいるはずだった。

作戦の決行時間は四時きっかり。その時丁度、警備員が交代する。昼間担当の警備員が警備会社に戻り、夜間担当の警備員が小松原邸にやってくるのだが、交代の管理はずさんで、昼間の担当者は時間前に警備から離れてしまうというていたらくだ。早朝四時の交代は、一番だれる時間なだけあって、交代の形式がきっちり決まっている。しかし、この時間はまだ明るい内なので逆に油断があるようだった。

PM3：55――

「警備会社の車が出てったぜ」

車のドアにもたれかかり、暇そうに煙草の煙を吹き上げているルパンに腹立たし気な声が落ちてきた。

「よーっしゃ」

ルパンの応えは素っ気ない。

「てめー、俺がこんなトコに登ってんのにゆーちょーに煙草なんかふかしてんじゃねー」

「なーに言ってんの。ジャンケンに負けた次元ちゃんが悪いんでないのー」

「く……ちくしょー」

そこへ、犬を散歩に連れ出しているらしい太った主婦が通りかかった。

「おーい、ペンチ取ってくれー」

次元が言った。主婦にいらん疑いを持たれないよーにするための芝居である。

「あいよー」

ルパンは車の荷台に乗り、ごそごそとかき回してから何とかペンチを見付け出し、電柱の下に戻って次元の手からたらされているロープに軽くそれを結びつけた。同時にそれはひょいひょいと上に引っ張り上げられ……

「あ――！」

次元が突然叫び声を上げた。

ルパンが何事かと上を見ようと思ったその時――

がんっ！

ルパンの頭を巨大な衝撃が襲った。

「悪い悪い。手が滑っちまったわ」

「このやろ……」

墜ちたペンチを上に投げてぶつけてやろうと思ったが、次元が片手の人差し指を口の前に置き、もう片方の人差し指を何事かと思ってルパンを見ている太った主婦に向けているのを見て思いとどまった。

「コンのヤロー。後で覚えてろよ」ルパンは再びペンチをロープにくくりつけながらそう

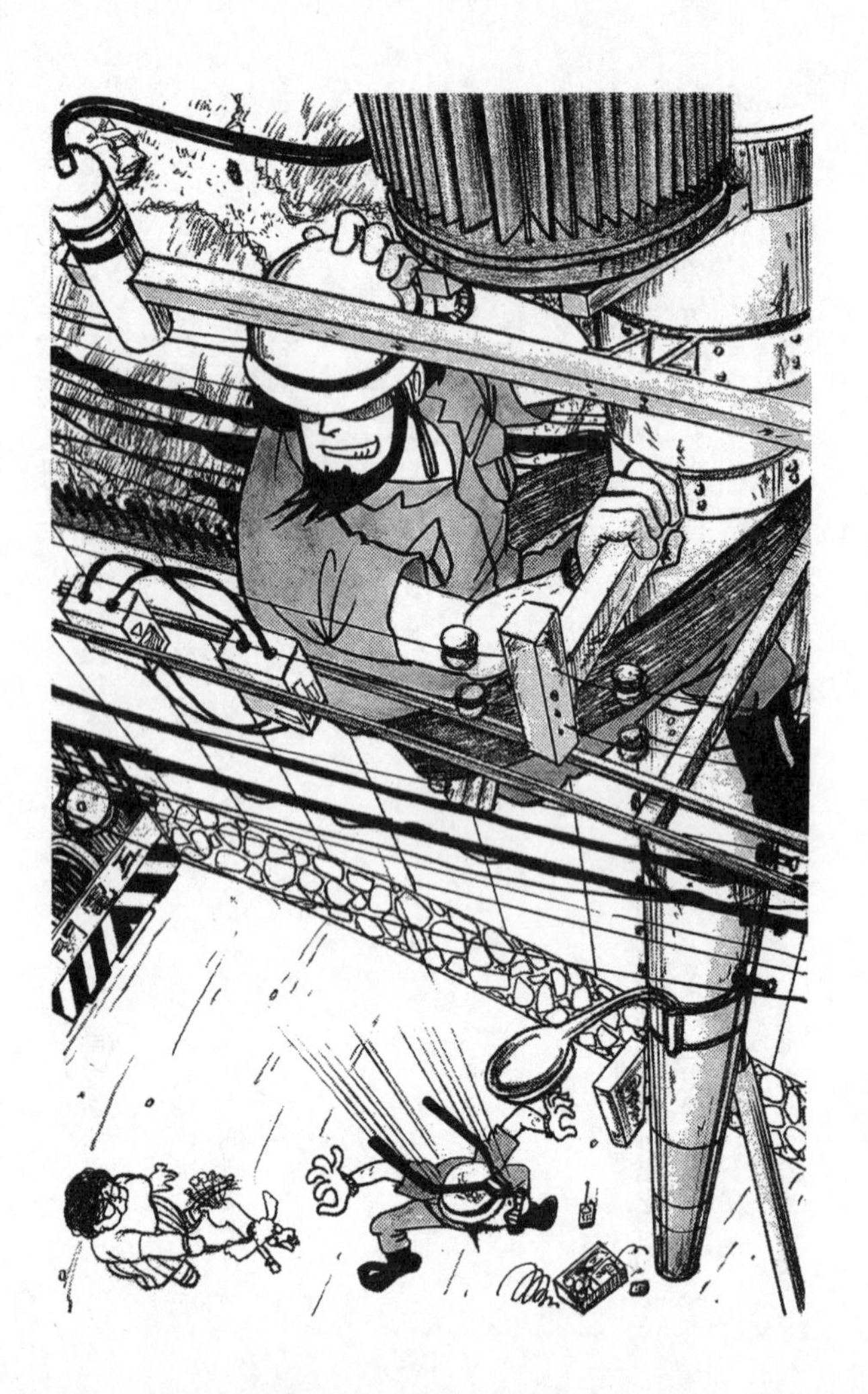

呟き、次元に向かって。

「大丈夫だ。今度は気をつけろよ！」

と叫んだ。

「何か危なっかしい電気屋さんね……」

暇をもてあました主婦は興味を失い、通り過ぎていった。

ＰＭ３：59
予定通りに呼び出し音が鳴った。ルパンは車に戻ると、ナビ・シートに置いてあるレシーバーを取った。

「うまくいったでござる」

レシーバーはそれだけしか声を発さなかった。元より、ルパンもそのつもりである。

ルパンはレシーバーのパワーをＯＦＦにした。

「どうだ？」

上空から声が降ってきた。ルパンは上を向き、応えた。

「オーライ！」――ＰＭ４：00
次元はおもむろに巨大なペンチを振り上げ、小松原邸へ続いている電線をひとまとめに挟み込み、一気に切り落とした。

次元が電柱から飛び降りると同時に、ルパンが車の荷台から何やらいっぱい抱えて降りた。ルパンが抱えた荷物を半分に分けて次元に投げ渡した。ふたりともそれをまとめて肩にかける。

ルパンは車に装備してある梯子(はしご)を小松原邸の高い塀に立てかけ、駆け登った。ルパンが塀の向こうに消えると、次元もそれに続き、塀の上に登ってから、この梯子が通行人の目につかないように蹴飛ばした。梯子は上手い事、車の荷台にのっかった。

二重にはりめぐらされた塀には、三匹のドーベルマン・ピンシャーが放し飼いになっていた。……しかし、次元が塀から飛び降りると、すでにその三匹は安らかな寝息を立てていた。もちろんルパンが眠らせてしまったのだ。

内側の塀は金網でできていて、その高さは2メートルある。用心の為、半分から上の部分に電流が流れるようになっているが、それは次元が電気を絶ったため心配ないはずだった。

次元は先程の巨大ペンチを取り出すと、金網を切り始めた。適当に切ったところで蹴り破る。今度は次元が先に通り抜け、ルパンが続いた。

ふたりは広い芝生の庭に出た。ここから邸の勝手口までは約25メートル。走りぬければ五秒とはかからないが、そうはいかない。この芝生には、罠が仕掛けられている。

落とし穴が掘られている事は元より、電気代のかからない（要するに電線からの電気を必要としない——ソーラーパワーだそうな）レーザー光線発射システムなどが、叢に潜む蛇のように、不用意に足を踏み入れる莫迦者を虎視眈々と狙っている。

この無茶苦茶な警備体勢は、プログラムに入力されていたので知る事ができたのだが、別に会社の過剰な警備方針という訳ではない。悪徳代議士がまだこの家に棲んでいた時に、群れ集う刺客から命を守るために外国のとある兵器会社に特注で造らせたものだそうである。なぜそれがプログラムに入っていたかというと、警備員がここに間違って入り込んだりする事のないように、という注意のためだった。

地表に設置されている赤外線の発信、受信システムによって、それらの罠は作動する仕掛けになっている。ルパンは荷物の中から赤外線を感知する事のできる小さな双眼鏡のような眼鏡を取り出し、かけた。次元も同じ物を取り出してかける。

ふたりは計画通り、あっさりと赤外線感知システムを越えた。

勝手口の鍵はカードとプッシュボタンの二重構造になっている。

カードは、ちょいちょいとキャッシュカードを改造させて造らせた。「ラグム」という名で電気通信機器製造会社を造り、趣味で磁気馬券偽造装置を造って儲けている男が不二子の知り合いにいて、その男に頼んだのだ。

プッシュボタン・ロックの方は、警備保障のコンピュータにデータが入っていたので、問題はない。ふたりは勝手口からの潜入もまんまと成功させた。

あとは邸内を、目的のオブジェの置かれている部屋まで進むだけである。邸内は個室以外、全てカメラモニターされているが、それを注視しているはずの警備員は現在邸にいない。夜間担当者の車は、五右衛門が足止めしているはずだ。屋敷勤めの執事やお手伝いさんなどは、次元が電線を切ったのと同時に、不二子によってひとまとめにされているはずだった。もちろん、電話線もまとめて切ってあるから、警察への通報なども出来ない。

ふたりは目指す部屋へと直行した。警備保障のコンピュータに入力されていた邸内図を頭に叩き込んでいるため、その動きにはひとつの逡巡もない。

そして、ここはその目的の部屋。屋敷の二階最大の部屋で、小松原和美の部屋である。アーミースタイルでフランス軍正式サブマシンガン、MAT49を構えた峰不二子が、四人の人間をひとかたまりに座らせていた。その四人の内訳は、現在のこの屋敷の主人となった和美と、執事らしきおじいさん、二人のお手伝いさんである。

少女は、きっと口を堅く締め、うつむいていた。

うつむいてはいたが、少女は圧倒的な存在感を持っていた。顔を向けてもいないのに、見る者の視線を釘づけにできる程の威力だ。ルパンでさえも、不二子から視線をそらして少女を凝視してしまい、ふりほどくようにして不二子に視線を戻した。

美少女という言葉は、和美という少女を表現するのに適当ではなかった。そんな言葉では言い表すことのできない、荘厳なほどの美しさが、そのたった17歳の少女にはあった。

実際、日が落ちかけて、明かりをつけていない部屋は暗くなっていたが、少女の周りだけスポットライトが当てられてでもいるかのように明るく見えた。

うつむいた顔は、何かに堪えているように見えた。こんな目に合っていることがつらいのだろうか……。それとも、両親が亡くなって以来少女が受けてきた事を想起してみれば、疲れがたまっているのだとも思われる。またその表情は、何かと戦っている時の、緊張感をみなぎらせたそれにも見えた。

それでもなお、少女には人の心を惹きつけるものがあった。それは、無垢な心だけが形成する事のできる人格の清廉さであったろうか……

「やあーっと来たわね。ルパン」

いかにも待ちくたびれた、という表情で不二子がルパンに言った。

「不満そうだな。ここまでだってカップラーメンの待ち時間よりも短い時間で来てるんだがね」

次元がそんな不二子の態度に腹を立て、言い返した。

「まァまァ、不二子ちゃんも次元ちゃんも。すべては予定通りに運んでるんだから……」

ルパンがそうふたりを取りなした。が、しかし、実は「全て」が予定通りにいっていた訳ではなかった。

5

「不二子ちゃん、で、ブツは？」

「あぁ、このオブジェの事ね？」

不二子は肩から下ろしたザックから、両手に乗るくらいの金のオブジェを取り出した。

「なーんだ。もう不二子ちゃんが見つけてたのかあ。それじゃオレ達来ることなかったな」

ルパンは振り返って部屋を出ようとした。

「ほんじゃあ一緒に帰ろうぜ。不二子ちゃん」

「そうね。でも私はあなたたちとは一緒には帰らないわ」不二子の冷たい声が響いた。

「あなたたちは手ぶらで返るのよ、ルパン」

MAT49の筒先がルパンを向いた。

「何！」

次元が吠えた。

「何の冗談だい？　不二子ちゃーん」

ルパンは情けない声を上げた。

ＭＡＴ４９の銃口が炸裂したように見えた。意外に軽い銃声と、鉛弾が床にめり込む重い音が連続して部屋内に響き渡った。

「おわたたたた……」

おどるルパンの足元に、きれいな円形を描いて弾痕がえぐられていた。

不二子がルパンの問いにサブマシンガンの一連射で応えたのだ。

「じゃあね、ルパン」不二子は言うなり、少女の腕を掴んで、立たせた。

「きゃ！」ルパンたちの仲たがいにも微塵も興味を見せなかった少女――小松原和美は、急に強く腕を引っ張られて小さな悲鳴を漏らした。

「ルパン、はいっ」

不二子は立たせた少女をいきなりルパンの方に押しやった。とっさに抱き止めるルパン。

「不二子ぉー！ 待て……」

不二子は女の子を抱き止めて身動きの取れなくなったルパンが発した制止の声も聞かずに部屋を飛び出した。

「次元、ちょっとこの子頼む」

ルパンは無責任にも抱いた少女を次元に押しやって不二子を追い駆けた。

次元は、さっきから少女が週刊誌で見た写真よりも元気がない事を気にしていたので、極力優しく少女を抱き止めてやった。少女の長い髪の毛が揺れ、次元の腕に当たってぱさりと軽い音を立てた。
執事たちはすでに逃げ出している。部屋にふたりっきりで残された次元大介。
「おい、待てよルパン。そりゃないだろー」
自分と自分が抱き止めている少女以外誰もいなくなってしまった、三十畳くらいは優に
ありそうな洋風の部屋の中で、次元は空しく叫んでみた。顔が帽子で見えないかわりに耳
が真っ赤に染まっている。
少女はうつむいたままである。次元の心に、写真週刊誌に載っていた、同級生と話す少
女の明るい笑顔が甦った。
次元は、ふと気付いて、あわてて腕をゆるめた。少女の体は支えを失い、その場に崩れ
落ち……そうになり、次元は再び少女を抱き止めた。
次元は抱き止めた体勢で、苦労してうつむく少女の顔を覗き込んだ。
少女は次元の腕の中で軽い寝息を立てていた。少女にしてみれば、おじいちゃんをみと
ってから約半月間、葬式や遺産相続の裁判騒ぎなどで心が休まる暇もなかったのだ。次元
の胸に優しく抱き止められた少女は、その温かさに安らぎを感じた。
そして、少女は吸い込まれるように、意識を失ってしまったのである。
「気を……失ってるのか……」次元はほっと息を吐いた。

次元には、少女のそんな経緯までは分からなかったけども、写真週刊誌の記事から類推して少女が現在疲労の極みにいるだろうと判断した。

「うーむ」次元は小さく唸った。

このまま少女を抱いている訳にもいかず、次元は少女を優しく抱き上げると、部屋の中央にあるゆったりしたソファまで運び、起こさないようにゆっくりと横たえた。

少女は寝息さえか細くて聞き取れないくらいに深く寝入っていた。その寝顔にも疲労が色濃く現れている。次元は、思いがけず呟くように言った。

「がんばれよ」

泥棒が被害者に「がんばれよ」もなにもあったものではないが、次元は心の底から少女をはげましてやりたかったのだ。

次元は最後に少女に一瞥を向けてから、不二子とルパンを追って部屋を出た。

一方、こちらは不二子を追い駆けているルパン三世。だが、ルパンはもうすでに不二子の姿を身失ってしまっていた。

「くっそー、どこ行ったんだろーなー。もう外に出ちまったんだろーか……」

どんっ
「あ、すいまっせーん」へこへこ。

巨大な邸内を歩き回るルパンは、廊下の曲がり角で男と激突して、思わず謝ってしまった。

ルパンとぶつかった男は、満面に「焦り」を表現していた。

「いえいえどーも」へこへこ。

ふたりは互いに深く頭を下げると、何もなかったような顔をしてすれ違い、自分の進む方向へ歩き出した。

男は、普通のサラリーマンにしか見えなかった。人の良さそうな笑顔に灰色の地味な背広。ぶつかった時に見せた「焦り」の表情さえなかったら、ルパンは男のことを気にせずに不二子を探し続けていただろう。

ルパンは、不二子のことは後で何とかなるだろうと判断し、その男の後をつけ始めた。その追跡には別段苦難もなにもなかった。男は、さっき廊下でぶつかったルパンが後をつけてきているなど、微塵も気が付いていないようだった。

「何者なんだ、この男は」

ルパンは男に聞き取られないように小声でつぶやいた。

男の体がハッと凝固した。

——やばい、気付かれたか。

ルパンはそう思い、太い大理石で造られた飾り柱に身を隠した。

男も二本先の同じような柱に身を隠している。しかし、それは、ルパンに気づいた為の行動には思えなかった。——なにせ男の姿はルパンから丸見えなのだ。

「はあ？」

ルパンは脱力したが、なぜ男が姿を隠したかの理由はすぐに分かった。男が向かおうとしていた部屋（その部屋は、さっきまでルパンたちがいた部屋だった）の扉が開き、中から次元が現れたからだった。

しかし、男の隠れ方は見事なまでに下手くそだった。次元はすぐに間抜けな男を見つけた。

ふたりは顔を見合わせた。数瞬空白の時間が流れ、おもむろに男が白々しく笑った。

次元は、何だ、こいつは。という表情を浮かべたが、付き合い切れないといった感じで肩をすくめて見せると、男から離れた。

男は次元が離れてゆくと、さも安心したように、ほっと一息つくと、改めてその部屋へ近づき、扉を開けて中に入った。

「よう、ルパン、不二子からブツは取り戻したのか？」

うひょ。男が部屋に入って行く様子を見ていたルパンの横から次元が声をかけた。ルパンは男に注意していたため、それに驚いてしまう。

「不二子はどこ行ったのかわからねぇ。……ん？　次元、あの女の子はどうした？」

セリフの途中から、すっかり忘れていた女の子——和美のことを思い出したルパンは半ば怒鳴るように次元に聞いた。

「どうしたんだよ？　女の子ならさっきあの男が入った部屋で寝てると思うが」

「なんだって！」

ルパンが叫んだ。

「あの男がどうかしたのか？」

——えーい！　このニブ！

ルパンは心の中で次元を罵った。

「あの男がこの家の人間じゃないことも気づかねぇのか！　侵入者で女の子の部屋に入って行ったんだから、狙いがあの女の子だってことくらい普通分かるだろーがっ！」

ルパンがそう言った時だった。ふたりの注意を集めているその部屋の豪華なロココ調だかなんだかの扉の向こうから小さな悲鳴が聞こえてきた。

それは、まぎれもなくあの女の子——和美の発したものだった。

ふたりは一瞬顔を見合わせると、どちらからともなくその扉へ向かって走った。

男——ルパンの尾行にも気が付かず、さらに隠れてもすぐに次元に見破られてしまった間抜けな侵入者は、少女を殺しに来た殺し屋、ラブリーエンジェル・ゴルゴ0013その人であった。もちろん、この厳重な警備システムを持つ屋敷に侵入したのも、元はと言えばこいつがこのシステムを造らせた張本人の小松原哲也代議士の手引きによってだったのだから、自力で侵入したのでも何でもないのである。

ルパンと次元のふたりは、男が何者かは分からなかったが、部屋に駆け付け、その荘厳な扉を蹴り開けた。

6

男——ゴルゴ0013は、ソファの上で脅える少女——小松原和美に拳銃を向けていた。……が、そのニュアンスは、ルパンたちの想像とは大きくかけ離れていた。

目が覚めたら見知らぬ人間が銃を向けていた。確かに、それに気付いた時は、和美も驚き、脅えた。しかし、その銃口はいっこうに火を噴かず、あまつさえその銃口が小刻みに震えているのを見て、彼女の脅えはゆっくりと消えていった。

「あの……おじさん……どうしたんですか……？」

おずおずと、そう、少女は下手に刺激しないようにおずおずと男に声をかけた。

少女の身に何が起こったのか？　それを心配して扉を思いっきり蹴り飛ばしさっそうと登場したはずのルパンと次元は、口を開け、ぼーぜんと立ち尽くしていた。その顔には、「あんぐり」という大きな文字が書かれている。

「おじさん……」

少女はソファから降りた。そこで初めてルパンの存在に気が付いたように顔を向ける。

「あ……あなたたち……誰？」

少女はルパンが自分の家に泥棒に来た人間だということも覚えていないらしい。確かに、さっきはずっとうつむいていたのだから、納得できないこともないのだが、それにしても誰と聞いたその表情にはあどけなささえあった。

男がとうとう銃を下ろした。そして悲し気につぶやく。

「だめだ……俺にはやっぱりできない……」

少女は背中まである髪をふわりと浮かせ、男に向き直った。そろそろと男に歩み寄る。

「おじさん……なぜ私を……殺そうとするの？」

男の肩がビクリと震えた。

少女が、何かを思い出したかのように一瞬はっとした。そして、絞り出すようにその疑問を発した。

「まさか……哲也おじさまに頼まれた殺し屋……さん？」

男は、少女の視線を避けるようにこうべを垂れた。床に膝を落とした。質問には答えない。それは依頼人の名を明かさないプロ意識だろうか……

「そうなのね……」

それが事実だと知らされたとしても、少女は全く驚かなかっただろう。その声は、すでにそれを予期していたかのように落ち着いていた。

ルパンと次元が、裁判で勝ち目のありそうもない参院議員が少女に刺客を放ったのだ、という事を思いつくまでに、さほどの時間は必要としなかった。しかし、その刺客は、標的である和美をなぜか殺すことができないらしい。（まあ、あの間抜けさ加減を見れば、こいつに人殺しなどできないだろうとは思うのだが）

「ねえ、そんなに気落ちしないで。人を殺すなんて……大変なことよ。普通じゃできないわ。……できなくて普通なのよ」

あろうことか、彼女は自分を殺しに来た殺し屋を慰めていた。仮にも職業で殺しをやっている人間に殺すことができないのが普通だと訴えるのは何かおかしいのではないか、と次元は思ったのだが、意外にも当の殺し屋はその言葉に大いに慰められているようだった。

小さな手を優しく殺し屋の肩に置き、優しく声をかけているターゲットの少女。――それは、見ようによってはとてもシュールな光景だった。

「実は……」殺し屋が少女の慰めに反応して何かを言いかけた時、感極まった声でルパンが叫んだ。

「偉い！」

ルパンは感動していた。自分を殺しにきた殺し屋に対してこんなに優しくできるなんて。

「おじさんは本っ当に感動した。和美ちゃん。君は偉い。育ての親を亡くし、さらに相続問題でつらい目に合っているはずなのに思いやりを忘れないなんて……。くうっ」

づるづるづる。ルパンはひとしきり鼻をすすると、言葉を続けた。

「何か困ったことがあったら、このおじさんに迷わず言うんだよ。おじさんにできることなら、なーんでもやってあげるからね」

ルパンはいつの間にか少女と殺し屋のところにやってきて、少女の手を握り締めた。

「は……はあ」

和美はほとんど現状が呑み込めていない。大体ルパンと次元が何者なのかさえ、失念していた。

その時、ふと少女の手がルパンの手を強く握り返した。少女の瞳はルパンを……いや、ルパンを飛び越えて、その向こうを見ていた。少女の顔に浮かんだ表情は、「脅え」だった。

「ゴルゴ。お前は甘ちゃんやなぁ。こんな小娘一匹殺すことができんのか!?」

ルパンの後ろにいる次元のそのまた背後からドスの効いた声が響いてきた。名を呼ばれた当の本人ゴルゴ、そしてルパンと次元は扉の方向を向いた。

それぞれの視界にふたつの巨大な肉塊が映った。そして、ふたりを護るように立つ六人の黒ずくめの服装をした男たちが、おまけのように視界に入ってきた。

「社長！　それは……」

「哲也……おじさん」

殺し屋と和美の口から、同時に声が漏れた。

「この殺し屋、まったく役に立ってないじゃないですか。私の言う通りに様子を見にこなかったら大変なことになってましたよ」

代議士は義理の妹（というには年が離れ過ぎていたが）の視線にいっこうに頓着せずに、無能な殺し屋を紹介した『影の総裁』に苦情を申し立てていた。

「うるさい。お前は黙っていろ」

『影の総裁』と呼ばれる男は、代議士を一喝すると殺し屋に向き直り、言った。

「しかしお前はひとつだけ役に立つ事をしてくれた。……そう。私を世界的な大泥棒、ルパン三世に引き合わせてくれたのだからな」

少女、殺し屋、代議士が驚きの声を上げ、高利貸しから見て少女をかばうようにして立ちはだかっているルパンに注目した。全員の目の色が驚愕に彩られていたが、特に少女のそれはめまぐるしく色を変えた。少女は、高利貸しの言葉によって、今まで忘れていた記憶を取り戻したのだ。ルパンは屋敷の侵入者で、彼女が大事にしていたオブジェを盗んだ一味だった。

しかし、そのオブジェは仲間割れした女の人が奪って逃げてしまったみたいだし、さきほど彼女を「偉い」とたたえたのも、そのルパンだった。

少女の中でふたつの意識が葛藤していたが、やがて少女の表情が落ちつきを取り戻した。その表情からは、信じる事に賭けた少女の決意さえ読み取る事ができた。

——この人は、信じられる。

その表情は、写真週刊誌に載っていたそのままの、明るいものへと戻っていた。

振り返ってその表情の意味を理解したルパンは、少女に微笑んだ。

微笑み返す少女の表情は、ルパンへの信頼と、喜びによってまぶしいくらいに輝いていた。

しかし、すぐに不粋な邪魔者が割って入ってきた。

「わしは以前から一度ルパン君と会ってみたいと思っていた」

高利貸しは、手をルパンたちに向けて部下に銃を向けさせると、言葉を続けた。

「君のおじいさんのコレクションにはわしも随分昔から興味があった。どうだ、わしと取り引きをする気はないか？」

ルパンは何も答えない。

「わしが君のおじいさんのコレクションを見せてもらう。わしはお礼に君の命を救う事ができる。……悪い取り引きではないと思うがね」

「そんな事約束できるんですか？　こいつは天下の大泥棒ですよ」

いかにも人を信用しない代議士らしく、もっともな口をはさんだ。

「だからわしは奴の命を握っていると言ったろう。——誰だって命は惜しいよなあ」

『影の総裁』はしゃあしゃあと言った。あからさまに、要求を呑まねば殺すと言っているようなものだ。

「わかった。要求を呑もう」

ルパンが苦渋に満ちた調子で言った。

先程元に戻った和美の顔が再び沈み込もうとした。

高利貸しの表情が満足そうにほころんだ。

だが、ルパンの目は次元を向き、頷き合っていた。

「……なーんて、俺サマがそんな要求を呑むと本当に思ったのかい？」

和美の表情は、前よりもさらに明るく、確信に充ちたものへと変わった。

高利貸しの顔が険しく変化した。部下の銃を撃たせる前に、一瞬速くルパンと次元は行動を起こしていた。ルパンが和美の体を抱き上げ、次元は荷物の中から何かを取り出し、思いっきり床に投げつけた。

「和美ちゃん、目ぇつぶれ！」

ルパンは叫ぶと同時にぶ厚いサングラスのようなものをかけた。次元も投げると同時にすでにかけている。

床から強烈な光が爆発した。視界が白一色に変わった。言われた通りに目を閉じていた和美は、必死で目を閉じているのに視界が暗くならないことを感じていた。

次元が床に投げつけたものは、脱出用に用意していた閃光弾だったのだ。

黒ずくめの男たちの構えていた銃から発せられた銃声がふたつみっつ聞こえたが、それは狙いもなにもまったくないもので、天井や壁にいたずらに穴を開けただけだった。

和美を抱えたルパンと次元は窓から外に飛び出した。部屋の窓からは灯台のように強い光が伸びていた。

まず窓を体当たりで破壊した次元が着地した。続いてルパンが着地する。ずん、という音が響いた。いくら痩せた少女で体重も軽いとは言え、重力加速度によってスピードと重さが増えている。ルパンの超常的な脚力なしではなしえない事だったのは確かだ。

次元に続いて、和美にしがみつかれたルパンは、足を地面からひっぺがして屋敷の正門へと走った。

正門から逃げるのも最初の予定にあった。予定の時間より十分近く遅れているが、正門には警備員を足止めする任務を担当した五右衛門が待っているはずだった。

7

「社長、もう一度チャンスを下さい。今度こそ仕事をまっとうして参ります。だからどうか、娘を……」

光が消えて顔を怒りに真っ赤に染めている高利貸しに、ラブリーエンジェル・ゴルゴ013が訴えていた。

「行け、早く行け！　あいつを生かしておくんじゃない！」

やけっぱちな調子で言い放った言葉に、殺し屋は深く頭を下げて礼をすると、飛び出すように部屋を出た。

「いいんですか」

黒ずくめの男たちの内のひとりが言った。

「そうだ。あんな殺し屋は信用できない」

代議士もへたり込みながら同意を示した。

「わかっとるわい、そんな事。お前らも追え。ルパンも小松原和美も完全に抹殺しろ！　ゴルゴも同じ過ちを繰り返すようなら、一緒に始末しても構わん」

『影の総裁』の言葉が終わるか終わらないかの内に、その場にいたそれぞれに銃を持つ六人の黒ずくめの男たちは、ゴルゴの後を追うように部屋を飛び出した。

「まったく……全然段取りと違うじゃないでござるか……」

五右衛門は風にそのさらさらの長い髪を遊ばせながら、ひとりでぶつぶつと不平を言い続けていた。

ルパンと次元は、時間に遅れた上に、予定にはまるで入っていなかった少女——小松原和美を連れて正門までやってきた。ルパンは、悪いが荷台に座ってくれとだけ五右衛門に言うと、「はじめまして」と挨拶する少女を、頭が下がり切らない内に運転席に放り込んだ。

ルパンはそのままハンドル側に、次元はナビ・シートに回って乗り込み、五右衛門が足場のほとんどない荷台に乗ろうとしたとたんに車を発車させた。そのお陰で、五右衛門は荷台に上がり込むのに非常に苦労するはめになった。

「しかし……今時の娘にしては……途中でルパンに止められたが、しっかりとしたお辞儀をするし……」

五右衛門は、「可憐だ……」と言おうとしたその口をつぐんだ。陽が落ちる寸前の薄暗い東京のゴミゴミした道路を、遠くを透かし見るように眉のところに右手をかざして凝視して、運転席に向かって言った。

「ルパン、追っ手がいるようだが……」

「何ンだってぇ？」

車がボロいため、うるさいエンジン音にかき消され、五右衛門が何を言ったのか聞き取ることができなかったルパンが大声で聞き返した。

「追っ手でござるよ！」

五右衛門は、この男にはめずらしく怒鳴るように声を上げた。

「何台いるー？」

「一台……いや、その後方にさらに二台！」

「五右衛門ちゃん気をつけろよー！　奴らは平気で撃って来るぞ！」

ルパンはそう言うと、ハンドルを思いっ切り右に回した。

——どっ
足場さえほとんどない荷台で、電柱の上に乗っけるポリバケツのようなトランスの上になんとか陣取って落ち着いていた五右衛門は、急激な横移動に荷台から転がり落ちそうになった。

ギギギぃっ！

何とか持ちこたえたと思った五右衛門を、今度は反対側のへりへ引っ張ろうとする遠心力が襲った。

「うわあっと」またもやかろうじてへりにつかまる五右衛門。

「追っ手よりもこっちの方が危ないでござるよ」

思わず愚痴る五右衛門であったが、ふと斬鉄剣を鞘走らせた。気合いとともにそれを水平に薙ぐ。何か小さな物がふたつ荷台を転がり、そこらに散らばっているブレーカーやら計測機やらにぶつかって金属音を立てた。

それは、すでに雑然とした荷に紛れて確かめようがなかったが、357マグナム弾の斬り分けられたものだった。銃声は風の音にかき消されて聞こえなかったが、五右衛門は襲いかかるそれを察知し、その脅威的な剣技で斬り落としたのだった。

後ろについてきていた一台の車——ゴルゴ0013の乗る赤いポルシェ928が急速にルパンたちの電気工事トラックとの差を縮めつつあった。

運転席のルパンは小さく舌を打った。声を上げまいと、必死で振動に堪えている和美に向かって叫ぶように言う。

「これからちょっと荒っぽい運転するから、舌咬まないように気をつけるんだよ!」

「はいっ!」

ともすればガタガタうるさい音にかき消されがちな声を、無理して大きくはり上げてけなげに答える和美であった。

「よーし、行っくぞー、次元!」

次元はダッシュボードの下からひと昔前のサイドブレーキのようなレバーを引っ張り出しながら叫び返した。

「オーライ！」

ガクン！　トラックは一瞬咳込むようにスピードを落とした。そのころにはほぼ真後ろについてきている928が、急制動の甲斐なくトラックの尻に頭をぶつけた。ポルシェの流線を描く美しいフォルムが台無しになった。

ボッ！　トラックのエグゾースト・パイプから黒い煙がひとかたまり吐き出される。そして次の瞬間、荷台の尻の部分が五度くらいの角度で持ち上がった。「うわっ、とうとう使うのでござるか」五右衛門がバランスを取りながら衝撃に備える。

928のゴルゴは前を走るトラックに起こっている変化に驚きを隠し切れずに、

「何だあれは！」と声を上げた。

荷台の持ち上がった部分から、数十本と並ぶピストン機関が大挙して現われた。そのピストンらの動きは見る見るうちに早くなってゆく。車高も心持ち低くなったようだ。次の瞬間、トラックは驚くほど一気に加速した。ピストン機関は、どうやらルパンお得意のスーパー・チューンナップで、ターボチャージャーのようなものらしい。

928は、たかが電気工事トラックにどんどん引き離される屈辱を味わうことになった。

ポルシェのさらに後ろを走っていた二台の車――シルバーのルノー25と、ブルーのフェラーリ・テスタロッサという豪華というか……無茶苦茶な組み合わせである――が、それぞれ進行方向を変えた。もちろん、中には黒ずくめの男たちがそれぞれ三人ずつ乗っている。無線で連絡を取りながら、トラックの前に先回りすることを決めたのだ。

横腹に閲電工と書かれた黄色い電気工事トラックは時速150キロにも達する勢いで昭和通りをつっ走っていた。続いて、50メートル程遅れて真っ赤なポルシェ928がそれを追っている。それだけで充分異様な光景だったが、二台が入谷で合流ってきて、さらに無茶苦茶で大げさな状態となった。

入谷ランプは一瞬にして交通無法状態と化した。

右から反対車線をぐちゃぐちゃにして合流してきたルノー25と、少々遅れて左からトラックの前に現われたフェラーリ・テスタロッサ。この四台がまるでどこかの車のCMのように並走したり腹をぶつけたりしながら150キロでかっ飛んでいるのである。パニックにならないわけがない。

しかし、電気工事トラックを三台の外車が追っていることといい、スピードもはっていることといい、トラックの荷台には人間が何の安全対策もなく乗っていることといい、一体何が起こっているのか説明できる人間は当事者たち以外にまったくいなかっただろう。

ふぁん、ふぁん、ふぁん……間の抜けたサイレン音があちこちから聞こえ始めた。もうすでに陽は落ち辺りの建物や街灯は明るく道路を照らしている。

たちまち928の後ろにパトカーが四台続いた。……しかし……こけるわ事故るわ道を外れるわ……四台はついてくることができずに次々と脱落した。すべてが瞬時のできごとだった。

トラックのナビ・シート側から次元が身を乗り出した……と思ったら引っ込んだ。バチバチと三回の弾着が激しくドアを叩く。

「きゃっ!」シートを摑んで車の振動に堪えていた和美が、弾着に悲鳴を上げた。

「おーこわ」次元はおどけた口調でそう言うと、和美を安心させる為に髪の毛をなぜてやった。いかにもおそるおそるという感じで顔を上げる和美に笑いかけると、次元は俊敏な動作でトラックの窓から身を乗り出した。

ガウッ! 次元は一発だけ撃つと、間髪入れずに車内に戻った。

バカン、という派手な音と、続いてブレーキ音と激突音が聞こえた。次元の正確無比な射撃は、一発でルノーのボンネットを跳ね上げたのだ。運転手の視界を奪われたルノーは、道が曲がっていることに気がつかず、気づいた時にあわててブレーキをかけるがすでに遅く、歩道に乗り上げてさらに建物に突っ込んだ。

しかし、追っ手はもう一台いた。街灯に照らされて暗く浮かび上がる、ブルーのフェラーリ・テスタロッサだ。その両眼から伸びる光の束は、トラックの右腹に叩きつけられている。ルノーはトラックの左側にいたから次元の射撃によって片をつけることができたが、トラックの右側を走るフェラーリを次元が撃つことはできない。

「五右衛門ちゃん、頼むよー！」

ハンドルを握るルパンが叫んだ。アクセルを加減してフェラーリと並走する。フェラーリの窓から乗り出している黒ずくめの男がベレッタM92Fから、9ミリルガー弾を秒速340メートルで吐き出させた。それはトラックのミラーを粉々に破壊し、さらにルパンの眼前のフロントガラスに小さなひびを無数に走らせる。

その時五右衛門が荷台からフェラーリの屋根に飛び移った。どんな軽技を使ったのか、着地の音さえ響かず、中の人間は気付かない。五右衛門は再び斬鉄剣を鞘走らせると、目にも止まらないスピードで一閃し、鞘に戻した。同時にトン、という軽い音を響かせてトラックに戻る。

今の音で上に五右衛門がいた事に気づいた男が乗り出して上を見たが、その時はもう遅い。上にはもう誰もいないし、フェラーリは明らかに異常をきたしていた。

ブルーのフェラーリ・テスタロッサは、真ん中から縦にふたつに裂けた。そのまま減速しながらブルーインパルス飛行部隊のようにきれいにふたつに分かれる。片方、運転席のある左側は、バックシートに銃を撃っていた男を乗せていたため、右側のひとりよりもバランスが悪く、すぐにコケた。右側はどこまで持つかなー、と思わせたが、ひょいと反対車線に出てしまい、他の多数の車を巻き添えにしてこの世から消滅した。

「またつまらぬ物を斬ってしまった」

揺れる荷台の上で格好をつけて五右衛門が言った。

キキキキィッ！

その時トラックが急制動をかけた。べちゃ、という音を立てて五右衛門はコケる。

8

ルパンたちはルノーとフェラーリばかり気にしていたので、ゴルゴの乗るポルシェ928の事を忘れていた。

二台の追っ手を蹴散らして有頂天になっている所へ、頭の潰れた928が横から飛び出した。トラックの進路上、数十メートルの地点で横腹を見せて止まる。いつの間にか先回りしていたのだ。その窓からゴルゴがダン・ウェッソンM715を突き出していた。

銃口から一瞬炎がほとばしった。

ゴルゴが撃ったのは、トラックのタイヤだった。

ルパンは思いっ切りブレーキを踏み込んだが、それは大して効果を発揮しなかった。

どぐわん！

　急制動をかけても100キロ近いスピードを残している黄色い電気工事トラックは、運転手が抜け出した真っ赤なポルシェ928の横腹に突っ込んだ。トラックはその衝突で止まり、ポルシェは駒のように回転して中央分離帯に乗り上げ、転がった。

　五右衛門はぶつかる前に飛び降りていた。ルパンと次元はふたりで和美をかばう。ショックで動けなくなっている和美をルパンが抱き上げ、ドアを蹴り開けて飛び出す。次元の担当は0013に対する威嚇射撃である。ルパンと五右衛門はすでに充分パニック状態の道路を突っ切ってそのまま歩道まで行くと、横道に逃げ込んだ。

　それを追おうとする0013を、次元が止めた。

「待ちなよ、殺し屋さん。あんたの相手はこの俺だ」


　ルパンと五右衛門と和美の三人はでたらめに路地を駆け抜けた。次元が相手をしているのだから大丈夫だろうとは思っていたが、それでも万が一という事もある。

　その万が一が起こった。

「止まれ」

　ルパンたちの背後から声をかけたのは、0013だった。次元の姿は見えない。

「五右衛門ちゃん、頼んだぜ」

ルパンは、振り返りもせずに和美の手を引いた。

「ごめんなさい、五右衛門さん」

和美の声が遠ざかってゆく。

「またルパンのせいでちゃんとお辞儀をする事ができなかったでござるな」

五右衛門は立ち止まった。細い路地には彼と、彼に気づいて立ち止まった0013のふたりしかいない。気のせいか、ビュ、と風が吹き過ぎた。

バックの効果音はもちろん尺八である。

おもむろに0013がダン・ウェッソンを持ち上げ、撃った。続けざまに、二発。

ぎん。と金属の軋む音が響いた。それは、斬鉄剣の発した苦し気な呻き声にも聞こえた。

一発目は斬鉄剣によって切り落とされた。……が、しかし、二発目は五右衛門自身が体を動かしてよけなければならなかった。ゴルゴ0013の銃弾に込めた気迫には、それほど凄まじいものがあった。いや、ゴルゴが込めたものは、「気迫」ではなく「執念」であったかも知れない。彼にはどうしてもこの役目を果たさなければならない理由があったのだ。

「できるな。おぬし……」

小松原邸内の0013を見ていない五右衛門は、素直な感想を言った。あの邸内での0

０１３を見ている人間だったら、まずそのギャップに苦しまねばならなかっただろう。

——次元はそれでやられたのだろうか……？

「おぬしは次元を倒したのかも知れんが、拙者はそうはいかん……！」

五右衛門は静かに斬鉄剣を構えた。正眼である。

「いざ」

9

ルパンは鶯谷（うぐいすだに）からＪＲに乗って、アジトへ戻った。

「次元さんと五右衛門さん……どうなってしまったのかしら……」

和美はソファにめり込むように座り、暗く沈んだ声を出した。ルパンを味方に得た時に垣間見せた笑顔は、その片鱗さえも見る事ができない。次元と五右衛門は、和美がルパンとここに戻ってから三十分近く経過しているが、戻ってくるどころか、連絡さえよこさない。

「大丈夫だよ、和美ちゃん。あいつら普通の人間じゃねーんだから」

ルパンは壁によっかかって何か考えをめぐらしながら、答えた。

危惧はしていたが、あのふたりがひとりの男にやられるなどとは、とてもじゃないが信じられなかった。大体、あの男に人殺しができるとは、にわかに信じがたい。

「……あたしのせいだわ……」

ルパンは困った。思いつめた和美が顔を両手に埋めて嗚咽し始めたのだ。細い肩が小刻みに震えている。

どうするかしばらく悩んでから、ソファの和美の横に座った。優しく肩を抱き、諭すように言った。

「気にしなくても大丈夫。きっと何でもないって」

和美の小さな頭がルパンの肩にあずけられた。涙が頬を伝ってルパンのいつものジャケットに流れてゆき、染み込んでいった。

ルパンは肩にかかる小さな重みを心地よく感じながら、流れ落ちるさらさらの黒髪をなぜた。

その時、電話が鳴った。

ルパンは和美にニッと笑って見せ、

「ほーら、あいつら殺そうと思ったって死ぬよーな殊勝な人間じゃないぜ」

しゃくり上げる和美の髪をくしゃ、とかきまぜると、TVの上の受話器を取り上げる。

「……オーライ。今行く」

ルパンは聞き取れないもごもごした声で二、三やりとりすると、最後にそう言って受話

器を置いた。

「ど……した……の？」

充血した瞳を真摯な色に染め、まっすぐにルパンの目を覗き込んで和美は聞いた。

「ばかだね、あいつら電車賃がねぇから迎えに来てくれだってよ」

和美は右手で涙をぬぐうと、微笑みを浮かべた。

「ちょっと行ってくる。すぐに戻る」

「……うん」

部屋を出て、エレベーターで下に降りる間にルパンの顔はすっかり変わっていた。

和美に向けていた微笑みは跡形なく消えている。

「待ったか？」

「いや」

マンションの入口は、すでにこうこうと明かりが灯もされている。すでに時刻は夕食時を迎えていた。周囲には、かすかに視界がきく程度の残光しかない。

入口の明かりに照らされてルパンを待ち受けていたのは、次元でも五右衛門でもなく、殺し屋ゴルゴだった。

「次元と五右衛門はどうした？」

ルパンは身の内に熱いたぎりを感じながら、どう見てもただのサラリーマンにしか見えない殺し屋に聞いた。

「……さあ？」

こんな真剣な表情は、ルパン自身ひさしぶりだと感じていた。

「なぜ俺を呼び出した？」

ゴルゴは銃も何も持っていない。少なくともその手には。

「私はあの娘を殺すことができないのですよ。……理由(わけ)がありましてね。……でも、殺さなきゃならない事情(わけ)もあるんです。それで、あなたにあの娘を殺して頂きたいと……」

「何だって？」

「あの娘――和美ちゃんをあなたの手で殺して欲しいのですよ」

「そんなこたぁ、できねーな」

「いいんですか。そんなことを言って……次元さんと五右衛門さんがどうなっても……」

ルパンはわなわなと震えて殺し屋を睨みつけていたが、やがて言葉を続けた。

「なんだとー？」

「……わかった」

ルパンはゴルゴを連れ、アジトの部屋へと戻って行った。その後にふたりの男が続いていた。ゴルゴを監視するためについてきていた黒ずくめの男の内のふたりだった。ふたりは車の事故からも何とか脱出し、使命を果たすためにここまで必死でついてきていたのである。

ルパンとゴルゴの入って行った扉の前で、黒ずくめのふたりは暫時たたずんだ。

長い間待つまでもなかった。

扉の向こうから女の子——この状況では、和美のもの以外には考えられない——の悲鳴と、数発のくぐもった銃声が聞こえた。……間を置いて、ガラスの割れる音。

——と、次の瞬間扉が開いた。男ふたりはギクリとして銃を向けた。

「ルパンに逃げられた。俺はヤツを追う。四階から飛び降りやがった!」

ゴルゴだった。手にはサイレンサーをつけた拳銃を握っている。黒ずくめの男ふたりにそう言うと、ゴルゴはエレベーターへと駆けて行った。ふたりの男は顔を見合わせると、扉の内側に入った。

ふたりが中で確認する事ができたのは、ルパンが逃げたと思われる、割れたガラスと、絨緞を濡らす赤い液体に倒れ込んでいる和美の姿だった。

ふたりは頷き合うと、金融会社へ戻る事にした。ゴルゴは和美をしとめたが、ルパンを逃がして追跡中であるとの報告をするためである。小松原和美が完全に死んでいるかは確かめていないが、一見して死んでいるようだし、傷の具合から見て、もしまだ息があるとしても助かる見込みはないだろうと判断した。とにかく、ルパンが逃走しているのだから、報告を急ぐ方が先決だろう。ふたりはエレベーターに向かって駆け出した。

しばらくたって、回りの住民が通報でもしたのか、遠くから救急車のサイレン音が近づいてきた。

10

小松原哲也は、情けない殺し屋の仕事ぶりを見て不安を抱いたが、『影の総裁』が安心して待っていろと言うので、事務所に戻って連絡を待つ事にした。

事務所に戻る事は、彼に取って結果的にはよい判断だったようだ。彼と『影の総裁』が中央区の小松原邸を出た後、写真週刊誌『ウェンズデー』の記者が和美の取材にやってきていた。彼は記者に見咎められずにすんだ訳である。もっとも、『ウェンズデー』の記者も、小松原邸にルパン三世が侵入し、さらに和美を誘拐したというスクープを執事から入手する事ができたのだから、裁判騒ぎの事など眼中から消えてしまっていたかも知れない。

「あらぁ。帰ってきたんですかぁ」

事務所に帰った哲也を見て、秘書がすっとんきょうで無礼な声を上げた。秘書は美人でグラマーだったが、白痴と言ってもいいほど無能だった。もっとも、哲也自身代議士と言っても大した仕事をする人間ではなかったので、差し支えはなかった。秘書として採用した主な理由も、面接の時にはいてきたミニスカートから伸びた肉感的な太股にあった。

「なんだ、もう帰りかね」代議士は無意識の内に形づくったいやらしい表情で秘書に尋ねた。丁度秘書は帰り支度をしていたところだったのである。

「えへへー、だって今日は金曜ですよー。他の人たちだって今日はもう上がっちゃったし……。それに……」

「……これからデートか?」いやらしく、にやりと笑った。

「うふ」秘書は謎めいた表情で——知能はなくとも本能で媚びる能力を持っていた——笑って見せると、代議士の横を通って玄関に出た。——その時、代議士の巨大な手のひらが秘書の張り出した尻の上を這った。

「きゃ」秘書は持っていた鞄で思いっきり代議士の手を叩いた。

「もうっ！……お先しまーす」秘書はそう言うと、——案外嬉しそうな顔で扉を開いて出て行った。

代議士は手の痛みなど感じていなかった。これは彼の毎日の日課で、楽しみでもあったのだ。

彼は、しばらくミニスカートの消えた扉を眺めていたが、やがてデスクに向かった。巨大椅子に座り込み、電話を睨むようにして高利貸しからの連絡を待った。

一分が一時間に思われる程、時間が長く感じられた。

二日間くらい過ぎた後、デスクの片隅の電話がけたたましい音を立てた。代議士は、呼び出し音が二回鳴る前にその受話器を取り上げていた。彼は自分でも焦っている事を感じることができた。

「わしぢゃ」

受話器を取ったとたん、『影の総裁』の声が流れてきた。

代議士は、ゴルゴが和美を殺したと聞いて飛び上がって喜びそうになったが、そのゴルゴがルパンを取り逃してしまい、現在追跡中だと聞いて、一抹の不安を覚えた。

受話器を架台に置いたとたん、再び呼び出し音が鳴り響いた。代議士は驚きを隠し切れなかったが、二度深呼吸してから平静を装って受話器を取り上げた。

受話器の向こう側で男が警察と名乗り、代議士は一瞬縮み上がったが、なんとか泰然自若を決め込む事ができた。男は殺人事件が発生した事と、その被害者が代議士の義理の妹である事を告げ、被害者の遺体が新宿の中央病院にあることを教えた。代議士がそこへ向かう旨を言うと、男は電話を切った。

受話器を置きながら、代議士は自分の頬がゆるむのを感じていた。病院へ行った後は、すぐに家に帰って祝杯を上げようと思い、玄関を出て鍵を締めた。地上に降りて通りに出ると、新宿へと向かうためのタクシーを拾った。

〃

——ルっパンのやろーっっ！

銭形は怒っていた。

まず、ルパンが盗みに入ったという情報が、夕食途中の銭形の元に届いた。半分以上残っていたカップメンを投げ捨てて、銭形は犯行現場へ飛んだ。

中央区、皇居に近い一等地に、その屋敷はあった。

小松原邸。

この屋敷の主人だった小松原徹斎が先日亡くなったことは、銭形も耳にしていた。屋敷を継ぐことになった少女が美少女だということで、彼の部下が騒ぎ立てていたのである。

ルパンはこの屋敷に侵入し、さる有名彫刻家の作ったオブジェを盗み出した。

銭形が屋敷に着いた時には、すでに所轄の刑事が屋敷の執事から調書を取り終えていた。通報者でもある執事の証言によると、ルパンの犯行は銭形に届いた情報とかなりおもむきを異にしていた。

オブジェを手にした時、ルパンの（執事はその盗賊がルパンであることは知らなかったが、特徴を聞いてルパンだと判明し、それから銭形の元に報告が届いたのである）仲間の女が突然裏切り、そのオブジェを奪い去った（これは、不二子がまた裏切ったに違いなかった）。そして、ルパンはその腹いせに、この屋敷の後継者である美少女を誘拐したというのだ。

「ぬわんとー！　ルパンがそんなことをするはずがなーいっ！」

刑事の報告を聞いた銭形は、思わず叫び声を上げた。

しかし、しばらくたってから銭形に届いた連絡は、彼をさらなる驚愕に落とし入れた。

「銭形警部、ルパンのアジトと、少女の行方が分かりました！」

銭形は、刑事に向かって取って食わんが如き表情を向けると、脅える刑事に報告を続けさせた。

「新宿区の西早稲田にルパンのアジトのひとつとおぼしきマンションを発見しました。少女は今新宿の中央病院に運び込まれています……」

銭形の眉がピクリと反応した。ピクリとする刑事に、イライラと続きを促す。

「少女は銃で撃たれていて、重体です。所持品からここのお嬢さんであることが判明し、こちらの本部に連絡が届きました。ルパンは少女を撃った後逃走したもようで、足取りは摑めていません」

刑事の目には、銭形が放心状態に落ち入っているように見えた。

「あの……銭形警部……どうかなさいましたか……？」刑事はおそるおそる聞いた。

銭形の返事は、思ったよりもしっかりした口調だったが、梅雨時の空を思わせる暗さと重苦しさを持っていた。

「その報告にまちがいはないのだな……？」銭形の視線がギロリと刑事の目を射た。

「は……はい」

ギリッ、という歯軋りの音が銭形の口から漏れた。刑事の答えを聞き、銭形の顔は少々うつむき加減になった。ソフト帽に半分隠れた顔の口もとからは、怒りと、そして哀愁が感じられた。

——ふいに銭形が顔を上げた。心配になって声をかけようとしていた刑事が飛び上がる。

「今すぐ現場に直行する！　ルパンのアジトに案内しろ！」

「は、はいっ！」

銭形は、激しい怒りと、悲しみを感じていた。

覆面パトカーがけたたましいサイレン音を響かせて早稲田通りをかっ飛んでいた。進路上の信号は完全に無視され、いくつもの交差点が一時的な交通麻痺状態になった。覆面パトカーは、常識的な時間を経過せずに、新宿は早稲田にある七階立てのマンションに到着した。

停止したパトカーの運転席で、銭形の剣幕に脅されてここまで運転してきた刑事が人事不省に陥っていた。

ルパンのアジトに入った銭形の目に最初に映ったのは、おびただしい血痕だった。その後に鑑識が飛び回っているのを見て、ルパンが少女を撃ったという事実が銭形の心に再びのしかかってきた。

——一体どうしてそんなことをしたんだ。ルパン……！

銭形はそんなことを考えながら、その部屋をぐるりと一周してみた。

キッチンユニットに、洗っていないナベやドンブリ。コーナーには、カップメンのプラスチックの碗や、『うまかっちゃん』の空き袋などが無造作に打ち捨てられていた。

他には人が住んでいたという生活臭はほとんど感じられなかった。ルパンに取ってもここは仮の宿であったに違いない。

「銭形警部……ですか？」銭形の前にひとりの制服警官がやってきた。

「うむ……そうだ」

「先程本部から通達がありまして、……病院に運び込まれた少女が亡くなったそうです」

「……そうか……」部屋に残った血痕を見た時から、かえって銭形の心は落ち着いていた。

「遺体を確認しに行きますか？　銭形警部」

この部屋にはルパンの足取りを示すような手がかりはないようなので、銭形は若い警官の提案に同意した。

警官の運転するパトカーに乗ってその病院に向かった。パトカーの到着と同時に、病院の玄関前にタクシーが止まった。中から出てきたのは、相撲取りがはだしで逃げ出しそうなほど巨大な肉塊だった。そのまま面会時間のとっくに過ぎている病院に入って行こうとするので、銭形はその男を職務質問した。――その鏡餅のような男は、無気味なニヤニヤ笑いを浮かべており、銭形の第六感が警戒を促していたのだ。彼はインターポールに出向していて、悪徳参議院議員・小松原哲也の顔までは知らなかった。

代議士は、自分の名前と、妹が殺されたという報告を受けてやってきたのだと告げた。銭形は、何となく釈然としないながらも、遺族が遺体を確認するのは当然だとも思い、その巨魁を連れて病院に入った。

夜の病院の印象は、無気味この上なかった。

看護婦に案内され、少女がこの病院に運び込まれた時宿直だったという医師と会った。その医師が運び込まれた少女をすぐに手術したのだが、出血があまりにもひどく、結局命を取り止めることはできなかったそうだ。そんな説明を聞きながら、銭形と代議士と警官は、医師に案内されて死体安置室へと向かった。

死体安置室は、巨大な冷蔵庫のような印象を持っていた。ベッドに寝かされた遺体にはシーツのような白い布がかけられており、医師が少女の顔の部分だけ布をのけて見せた。

「妹さんに間違いありませんね？」銭形は、ルパンが殺した少女の遺体を前にして、無意識の内に渇いた声を発していた。

「ええ、そうです」

銭形の中で、何かがブツリと音を立てて切れたような気がした。

背中に哀愁が色濃く漂っていた。

「大丈夫ですか？」それきり黙りこくった銭形を心配してか、医師が銭形に聞いた。

「あ、ああ。……大丈夫だ。……持病の癪がちょっと……な」

銭形はその医師に心配をかけまいとそう言った。ふと気づくと、若い警官が声を押し殺してむせび泣いていた。——この若い警官にもなにか事情があるのだろう。……そう考えた銭形は、連れてきた遺族が、警官とは全く逆の反応を示していることに気づいた。遺体を確認したとたん、それまでは顔にだけあったニヤニヤ笑いが、体全体で表現されるようになっていたのだ。無気味に蠕動する鏡餅は、あまりにも不快なものに見えたが、なによりも自分の——義理でも——妹が死んだというのに不謹慎ではないか、と銭形は思った。

「なんであの野郎あんなに喜んでやがるんだ？」

銭形は、一瞬躊躇してから、代議士に聞こえないように声をひそめて若い警官に聞いた。警官は、うろたえた顔を平静に戻そうと努力しながら、写真週刊誌にあったものと同じような遺産相続問題などの概略を銭形に教えた。

「……そうか。何か匂うな……国会の方はどうなんだ？　あの男の仕事ぶりは」

「……ええ、汚職についても、けっこう色々な噂はあります。しかし、いっこうにネタが上がりませんので尻尾を掴んだことはありません……食わせ者ですよ。あの男は……」

「……そうか。いい事を聞かせてくれたな」

「いえいえ、お役に立てれば……」

銭形は警官に礼を言った。その時には、代議士を追跡調査しようと決心していた。

「わたしもお供させて下さい！」

銭形が代議士の後を尾行し始めたのを目ざとく発見した先程の若い警官は、銭形の後ろから服のすそを掴み、意気軒昂に言い放った。その声の大きさは、尾行しているのに気付かれやしないだろうかと危惧しなければならない程の大きさだった。

「しーっ！　何て声出しやがるんだ。……ったく。わかったから静かについてこい」

「はいっ！」

「あちゃ」

代議士は気づかなかった。通りに出ると、タクシーを拾う。銭形と警官も後に続いた。

パトカーで尾行するのはいくらなんでも無理だろう。

銭形は運転手に前の車をつけるように言うと、警官に向かって、何でこんなことに首を突っ込むのか、と聞いた。

「いや、私は銭形さんの力になれれば……そう思ってるだけなんですよ」

「しかし時間はいいのか、勤務時間は……」

「ええ、今日はもう大丈夫なんですよ」

「うーむ……何か理由がありそうだな……？」

「はい……実は……僕は頭に来てるんです。代議士は少女の親戚のくせに、涙も流さなかった！　それが僕には信じられないんです。……あんなにいい娘だったのに……僕には少女を殺したのがルパンでなくて、あの男のような気がする！」

銭形が警官の方を見ると、警官の目尻には涙が溜まっていた。

「お前……その女の子――和美ちゃんのことを知ってるのか？」

「え……いや……時々見掛けるだけなんです。別に知ってるって訳じゃ……」

しかし、警官の表情はその事を話したくてしようがないと言っていた。

「そう、本当に時々なんですけど……あの娘の通学途中など、街で偶然逢ったりすると、必ず挨拶をしてくれるんれすよ。今時の女の子とは思えないきちんとしたお辞儀を……それに、何度か『ごくろうさま』と言って派出所に花を届けてくれたころもありました……」

その後はちゃんとした声にならなかった。

「わかった……この捜査は私の独断で、君に手伝ってもらう事にしよう。後で私が本庁に連絡するから安心してくれ」

銭形ももらい泣きの涙を目に溜めながら、若い警官に言った。

「ありがとうございます」

警官は感無量とばかりに声を上げて泣き出した。


代議士の乗ったタクシーは、そのまま彼が現在住んでいる家に向かった。

タクシーが、城門のように巨大で重々しい門の前に止まった。

銭形は、門のある通りにタクシーを留めて警戒されることのないように、門を通り過ぎてからタクシーを止めるように運転手に指示し、その邸宅に視線を走らせた。

その家は、堅固な壁に囲まれた要塞のような建物だった。

代議士の巨体が苦しそうにシートから降りた時、タクシーのライトがひとりの痩せた男を浮かび上がらせた。どうやらその男は門の前で代議士が帰ってくるのをずっと待っていたようだった。

代議士を迎えた男は、ラブリーエンジェル・ゴルゴ0013だったが、すでに陽が落ちているので、銭形はその顔まで見ることはできない。

門の前を通り過ぎ、横道にちょっと入ってからタクシーを止めさせた。

タクシーを降りたふたりは、用心しいしい門の方に戻って行く。

代議士と彼を迎えた男は、門の周りを照らす外灯の光の輪の中で立ち話を続けていた。

銭形と若い警官はそばにある電柱に隠れて聞き耳を立てた。

「それで結局どうだったんだ。ルパンを始末することはできなかったのか?」

なに? 銭形の眉が吊り上がった。低い、シブいとも言える声は代議士のものだった。

「ええ……それが……。最初のあなたの命令通り、小松原和美を殺すので精一杯で……。

結局ルパンには逃げられてしまったんです」

銭形の表情の変化も見事だったが、若い警官の顔の変わりようは、もっと凄じかった。

「何だとおっ! お前が和美ちゃんを殺したぁ?」

警官は銭形の制止の声も聞かずに飛び出した。

「何だ、お前は?」

代議士は今の会話を警官に聞かれたという焦りと、怒りによる敵意とをむき出しにして警官に食ってかかった。

「話は聞かせていただきました」

こうなったら後は野となれ山となれといった感じで銭形も電柱の影から代議士の前に進み出た。

「私は警視庁の銭形です。今の会話について聞きたいことがあるので、ちょっと出頭していただけませんでしょうか」

代議士は予期せぬ出来事に脂性の顔を外灯の光でギラつかせながら、とうとう開き直り、わめいた。

「おい、殺し屋、——0013、こいつらを殺してくれ！」

殺し屋は無言でふところに手を突っ込んだ。銭形も反射的にふところに手を入れるが、抜いた手には割り箸が握られていただけだった。銭形は、今日は夕食の途中で小松原邸に駆け付けたので、銃を持ってきていないことを思い出した。

ざーっ

銭形の顔から、音を立てて血の気が引いた。

0013はゆっくりとダン・ウエッソンM715を抜き出した。

12

銭形が死ぬ気で男に突っ込もうとした時、思いがけない出来事が起こった。

ダン・ウエッソンの銃口は、銭形でも警官でもなく、代議士本人に向いていたのだ。

「な……何をする……お前が逆らったらどうなるか……」

代議士はうろたえていた。鼻孔が開き、空気の出入りが激しくなっている。

「殺し屋っていうのは、疲れるんですよ。すごく」

殺し屋は、依頼主に向かってそう言った。

「ゴルゴは少女を悪党から救いたいと思っているんだよ」

続いた言葉は、銭形に取って、いや、小松原代議士に取っても思いがけない人間から発せられた。

若い警官があごから顔の皮を一枚勢いよくベリッとはがした。

「ル……ルパン！」

銭形は一瞬動きを失ったが、次の瞬間には反射的に手錠を取り出して襲いかかろうとしていた。ルパンは代議士を指差してそれを止めた。

「今はちょっと待ってくれよ。俺さまはとっつぁんにこのおっさんの悪巧みを知ってもらうためにこれだけの手の込んだ事をやったんだぜ」

銭形も、さすがにさっきの代議士のセリフを思い出して落ち着きを取り戻すことができた。

ルパンは言葉を続けた。

「……それに、俺サマは間違ったたって女の子を殺したりしない」

きっぱり、とルパンは言い切ったのだ。

銭形のまぶたが見開かれた。その顔は喜んでいるようにも見えた。

同時に、代議士は驚愕と怒りに顔を歪ませた。その顔は、この上なく醜悪なものだった。

「あの娘が……生きているだと……」

「そうさ」殺し屋はだしぬけに人の良い顔つきに変わった。

「あの娘が死んだように思わせるために、随分気を使いました。――そのおかげでちょっと和美ちゃんとルパンさんを脅かす事になってしまいましたが……」

ゴルゴのセリフが続いている間に、黄色い電気工事トラックが城門の前にやってきて、止まった。

「ルパンさん！」

次元にかばわれるように中から現れたのは、もちろん、小松原和美であった。

その体には、傷ひとつなかった。

代議士の体が凝固した。

ルパンに連れられてアジトの部屋に入ったゴルゴは、早口で驚くべき事実を打ち明けた。

実は、彼は金融会社に娘を人質に取られ、殺し屋として強制的に働かされていたのである。それで、本当の所和美ちゃんを殺す気はまったくないのだが、立場上殺さねばならないのだ。

やはり、先にゴルゴを信用したのは和美だった。

ルパンは、すぐさま作戦を練り始めた。ゴルゴをつけてきている黒ずくめの男たちをゴマ化さねばならない。

そして、やがて思いついた作戦が、和美を一度仮死状態にする作戦だったのだ。

「とっつぁんに和美ちゃんが病院に運び込まれたってぇ連絡が行っただろ。あの時和美ちゃんは俺サマの細工で撃たれたように見せかけてたのさ。そして、病院に運び込んだ救急車を運転してたのも、俺サマと次元だ」

ルパンは逃げたと見せかけて、部屋に潜んでいた。輸血用血液のぶちまけられた部屋に黒ずくめの男たちが入ってきて、和美を確認している間、万が一和美に危害を加えられないように見ていたのだ。そして、ふたりが去った後、次元が運転してきた救急車で和美を病院に運び込んだ。

ゴルゴが、すでにサシの勝負の時に訳を話し、倒されるふりを演じさせた次元と五右衛門に、ルパンの作戦を説明したのだ。

ルパンの説明を聞く銭形の目は、点のようになっている。

「病院のお医者さんには、ちょっと眠ってもらったのさ。看護婦には次元の変装は見破れなかったしね。和美ちゃんが運び込んですぐ死んだって状況を作るのは割りと簡単だったね。それから俺サマは、病院のことは次元に任せて警官に化けたって訳さ」

「……な……なんだとぉっ」

あっけらかんと話すルパンに、銭形は怒りさえ感じた。お前が女の子を撃ったって聞いて俺がどう思ったと考えてやがるんだ！

しかし、銭形はそう思ったことをルパンには言わずに、

「わかった。それじゃぁ今回お前は大したことはやっていない訳だな。ルパン」

銭形は極力静かにそう言った。

「病院の事については、今はこいつの事もあるので一時的に――あくまで一時的にだ――忘れる事にしよう」

銭形がさらにそう言葉を続け、ルパンがほう、と胸をなで下ろした時だった。

銭形に「こいつの……」と指を刺された代議士の様子がおかしくなった。

「うおおぉぉぉっ！」

その時、突然醜い肉の塊が吠えた。代議士は素早く動き、ゴルゴの手からダン・ウェッソンを奪い取った。

既に代議士は混乱に陥っていた。秩序立てて思考する事が出来なくなっていた。

ただ、和美が憎かった。

和美を憎むいわれもなかったが、自分を裏切った殺し屋よりも、邪魔をする大泥棒と警

視庁のおっさんよりも、彼女が標的にふさわしいと判断した。——判断とは言えなかったかも知れない。ただ、彼女が原因なのだという声が彼の頭の中でこだまし、手の中の銃をその原因へと向けさせた。

殺してどうなる訳でもない。

しかし、彼は引き金を引いた。

銃口の先の輝きが辺りの闇を切り裂いた。

ルパンと次元、それに銭形から動きというものが奪い取られた。

時が止まってしまったかのようだった。

「キャ——……！」

長く尾を曳く和美の悲鳴だけが時間の経過を証明していたが、ゴルゴにはその悲鳴さえも緩慢なものに聞こえた。

ゴルゴは油断したことを悔やんでいた。

自分の油断から醜悪な肉のかたまりに愛用の銃を奪われた事を悔やんでいた。

和美を殺したくなかった。

誘拐されている自分の幼い娘のことも心配だったが、それとこれはまた別なものだった。彼は心の中で自分の愛する娘と、その子を生んでくれた愛する妻に、救け出すことができないことを詫びていた。

殺し屋はターゲットであったはずの少女をかばい、その体に銃弾を受け止めたのである。

13

「ゴルゴさん！」


長い悲鳴の後で、少女は自分をターゲットにしていた殺し屋の名を叫んだ。

代議士の持つ拳銃から発せられた銃声の余韻が消える前に、少女の横にいた次元がその手に持つ銃を代議士に向け、引き金を引いた。

彼女は夢中で耳を押さえたが、目を閉じることはできなかった。

彼女の歳の離れた義理の兄の手から、銀色の銃がはじき飛ばされた。

すぐに銭形が、手から血を流し苦しんでいる男を取り押さえた。


そして、彼女を殺せなかった優しい殺し屋はドサリと崩折れた。

灰色の地味な背広の脇腹が黒いどろりとした液体で濡れていた。

照らす光が門の明かり以外にない闇の中、血は赤く目に映らずに、黒いタールのようにしか見えなかった。

少女にはこれが現実だとは思えなかったが、その目からは大粒の涙が流れ落ちていた。

ルパンが殺し屋に駆け寄った。少女も震える足で近づいた。

「大丈夫か、ゴルゴ!」

ルパンは、極力傷に刺激を与えないように注意して、優しく殺し屋を抱き起こした。

「ゴルゴさん……」

少女はそれ以上の言葉を発することができなかった。

殺し屋の方が口を開いた。苦し気な声がその口から流れてきた。

「和美ちゃん。俺の娘ね、真美って言うんだけどさ……大きくなったら絶対和美ちゃんみたいなかわいい娘になるよ」

苦し気な声だったが、その顔は喜びに溢れていた。

「無理して話をするな。傷は深くないんだ。急所も外れてる。静かにしろ」

代議士の太い腕に無理矢理手錠をかけ、トラックまで引っ張って逃げられないように固定してきた銭形は、状況を的確に判断してそう言った。

「そうよ……ゴルゴさん……無理しないで……お話しだったら治ってから……」

「いや、俺も罪人には違いない。和美ちゃんとお話しする機会はないんだよ」

「そんなことないって。ここにいる銭形警部はいい奴だから見のがしてくれるって」

ルパンが常日ごろを思い起こすように言った。銭形は否定するようにフン、と息を吐いたが、殺し屋は嬉しそうに笑いを浮かべた。

「俺の娘さ、本当にかわいいんだ。もう、本当に目に入れても痛くないくらいに……きっと和美ちゃんの子供のころとそっくりだと思うよ。顔だってそっくりなんだから……」

「うん……うん……」

少女は喉が詰まって、相槌を打つことしかできない。

「和美ちゃんもかわいいよ……育ての親も亡くして……ただ独りの親戚には命を狙われるし……かわいそうだったんだ。……俺、貧乏だけど、和美ちゃんを引き取って娘のお姉ちゃんになってもらおうと思ってたんだ……きっといいお姉ちゃんになる……そしてかわいい姉妹になる……と……思った……」

ゴルゴの顔面は蒼白になっている。言葉もだんだん途切れがちになってゆく。

焦るルパンと銭形の所へ、救急車を呼びに行っていた次元が戻ってきた。

「すぐに救急車がやってくる！　三分とかからないはずだ！」

小松原哲也はその用心深い性格から、大きな病院の近くに家を構えていたのだ。

次元の言う通り、すぐに救急車のサイレン音と、強く輝き回転する赤い光が近づいてきた。

ゴルゴは手際よく担架に乗せられ、救急車に運び込まれようとした。

「ちょっとだけ待ってくれ。言っておきたいことがあるんだ」

銭形がそう言って止めた。

「次元、あのトラックのキー貸してくれ」

「あ？」

「いいから貸せ」

次元は納得しかねるという表情でキーを銭形に放った。

銭形は辺りが暗いせいか、そのキーを取り落としてしまい、屈んで拾い上げた。

「俺は殺し屋を雇った凶悪犯をしょっぴいていく」

少女は何を言うのかと、真剣なまなざしをいかつい顔の警部に向けている。

「そいつは殺し屋を雇ったようだが、その殺し屋は殺す事ができなかった。殺し屋の過去は、少なくとも今の俺は知らない。始末書の一枚も書けば逃がしてしまっても何も言われないだろうさ」

その時ばかりは、銭形の顔が神々しくさえ見えた。慈愛に富んだ仏様の顔だ。

「お嬢ちゃん。もし良かったら、この怪我人に付き添って病院まで行ってくれないかな……私もすぐに病院へ行く。……怪我人の家族を連れてな」

和美の表情は、まるでスポットライトが当てられているように輝いて見えた。

「はいっ！」

明るい笑顔は、嬉しそうにそう言った。その頬を流れ落ちる一粒の涙がきらめいた。

銭形も少女に笑い返すと、担架を運び込もうとしていた男に言った。

「もういい。早く怪我人を治療してやってくれ。万が一この男が死んだりしたら警視庁の銭形が許さんからな」

そう言うと、早く行けというようにシッシッ、と手を振った。

担架が再び持ち上げられ、救急車に運び入れられた。

銭形の耳には「ありがとう」という小さな声が救急車の中から届いていた。その声は傷の痛みによって苦しそうではあったが、深い感謝と喜びを表現する響きを持っていた。

「本当にどうもありがとうございます」

少女は深く頭を下げた。五右衛門が二度も見そこねている、きちんとしたお辞儀であった。

「じゃーな」と言うルパンの声と、

「がんばれよ」という次元の声がその下げられた頭に向けて放たれた。

「はい」

少女が救急車に乗り込むと、救急車は再びやかましいサイレン音を鳴らし始め、急激にその音と光とを小さくして消えた。

ルパンと次元と銭形は再び闇に包まれた。

「そんじゃあ、とっつぁンもさようならー」

銭形が逃げ去ろうとするルパンと次元に気がついたのは、ふたりが門から十メートル程走ったところで、そうルパンが叫んだ時だった。

「あ、ルパン、待て。このやろー」

銭形はいつものようにルパンを追い駆け始めようとしたが、上空から近づいて来た爆音に顔を上げた。

星のきらめかない濁った空には、ヒューイが凄じく低い高度で浮かんでいた。するすると縄梯子(なわばしご)が降りてくる。

そのヘリの窓からひょいと顔が現れた。

「ルパン、不二子を発見した！ 今からなら不二子の乗る飛行機に間に合うでござる！」

そう、飛行灯に照らされたその顔は、紛れもなく石川五右衛門のものだった。彼は今まで不二子を探し出す任務についていたのである。

「やったねー、いいタイミング。そんじゃねー、とっつぁん」

ルパンと次元は、高まるローター音とともに大きくなってくるヒューイから下ろされた縄梯子に飛びついた。

ふたりが飛びつくと同時にヒューイは高度を上げ始めた。銭形にはどうすることもできない。

「ばいばーい」

ふたりは高笑いを残しながら空の高みへ登り、夜に吸い込まれて行った。

「くっくっく……」

銭形は突然不気味な含み笑いを漏らした。

「ルパンー！　今度こそ捕まえるからなー！」

そして、笑いながら空に向かって大声で叫んだ。

銭形の視界の中で、ヒューイはどんどん小さくなっていった。それはやがて点滅するオレンジ色の光に変わった。

航空灯が銭形の叫びに答えるように三度瞬いた。

銭形は、遠ざかる航空灯を罵りながらも、心の底から湧き出る笑いを止めることができなかった。

END TITLE & MUSIC

五右衛門秘帳

――燃えよ斬鉄剣――

吉岡　平

本文イラスト
篠崎俊克

大塚周夫氏　ならびに
井上真樹夫氏に　捧げます

I

渋谷の道玄坂を少し登ったあたり——
着飾った若者たちで昼夜を問わず賑やかなこの界隈も、ひとたび路地裏に足を踏み入れれば、途端に寂しいたたずまいを呈する。表通りと裏通りでは、優に二十年の時代の開きがあった。

雑居ビルと古書店との間を抜けた突き当たりに、その刀屋はある。

刀屋と言っても別にそう書かれた看板が表に掛っているわけではない。又、わざわざそうことわって人目をひく必要もない。ただ、ある限られた人々が、そこにそういう店があることを知っていれば足りる、そんな店だった。

十三代目石川五右衛門もまた、そんな常連客の一人である。

「御免」

昨今めずらしいくぐり戸を抜けて、店の中に入っても、初老の亭主は別段にこりともしない。無愛相だからといって逃げる客はいないし、新しい客を開拓する必要もないのだ。たとえ一人でもこの店を必要とする客がいる限り、生業としても十分に成り立つ。ただ、不思議にいつ来ても、店が開いていないということはなかった。

店の中は昼間もめったに日が射すことはなく、そのせいかどうか、かすかに黴(かび)臭い。身をかがめるようにして中に入ると、そこはすぐ幅二間の三和土(たたき)で、その奥には畳を二枚、横に並べた細長い店の間がある。畳の上には夏でも古い長火鉢が置かれ、そこにもたれかかった亭主は火鉢とともに、完璧なまでにこの店の調度のひとつと化していた。

『変わらないな……』

五右衛門は、この店のカビ臭い空気も、亭主の仏頂面も嫌いではなかった。むしろここへ来ると心の安らぎさえ感じる。

店の間の奥には、刀を入れる古いガラスのケースが並んでいて、何口(いくふり)かの本身が粗末な拵(こしらえ)におさめられて、申し訳程度に飾ってある。文字通りの店(たな)ざらしで、決してそれらを販(ひさ)ぐことが、この店の本来の目的ではなかった。本当に売るべき業物(わざもの)は、店の奥にしまってある。硝子棚(ガラスケース)の奥はすすけた障子戸で、その奥には階段があるらしい。だがその階段を見た者は皆無であった。階段自体、上に通じているのか、それとも地下に通じているのかもわからない。だがともかく、階段が存在することだけは確からしい。五右衛門自身、亭主が刀を抱えて、階段を昇り降りしている音を障子ごしに聞いたことがあった。

五右衛門がこの店を訪れるのは、年に一度か二度のことだが、亭主は彼の顔をよく覚えていた。口には出さないが、態度でそれとなくわかる。まぁ、客としては気に入られているほうだと言ってよい。

「研ぎを、お願いしたい」

言葉少なにそう告げて、五右衛門は懐から白鞘におさめられた長刀を差し出した。

「拝見」

やはり無口な亭主はそれだけ言って、懐紙を口にくわえ、慣れた手つきで刀身をスラリと抜いた。瞬間、店の中がいくらか明るくなったようであった。

いくども刀身を打ち返しては、そのたびに食い入るように刃を見る、その目が鷹のように鋭い。

刀身は、二尺五寸に少し足りない。

反りが少なく、肉が厚い。きわめて実戦向きに鍛えられた業物である。それでいて、風格があった。

刃文は、波打つような覇気に満ちた大のたれに乱れ、表面には細かな沸えが一面に、霞をひいたように現われている。沸えはそこかしこで刃中に入り、非常な働きを見せていた。

鋩子（切尖）の刃文は返りが深く、これまた見事の一語に尽きる。沸えの下からのぞく地肌の色は、深く澄んだ北国の湖を思わせる漆黒に近い紫で、見つめていると刃の中に、身も心も吸い込まれてしまいそうな美しさだ。

斬鉄剣。言わずと知れた五右衛門の愛刀である。無銘ながら、その素姓は歴とした名刀

だ。宮本武蔵が愛用した五郎入道正宗、新選組局長近藤勇で有名な長曽祢虎徹、そして国定忠治の佩刀と伝えられる幻の刀匠小松五郎吉兼らをもとに、打ち直し鍛えられた刃は、鋼鉄をも紙の如く切り裂く。

「眼福じゃった……」

ひさしぶりに、いいものを見せてもらったという顔で、亭主はぼそりとつぶやいた。

「だが、だいぶ酷使されたようじゃの……」

「はい、つまらぬものを少々……」

「何を斬りなさった?」

「米軍の、巡航ミサイルというものを」

「なるほど、道理で……」

老人は口ごもった。おそらく、彼の目をもってして初めてわかるほどの微小な刃こぼれが、無数にあるに違いない。

「一週間ほど、預らせていただこう」

ぶっきらぼうに言い放つ。その口調には天下の斬鉄剣をこうも乱暴に扱う男に対する揶揄が含まれていた。

「助かります」

五右衛門は深々と頭を下げた。亭主は斬鉄剣をもとの鞘におさめながら、

「代わりの差料は？」

と訊いた。

「結構です」

五右衛門は鄭重に断った。遠慮からではない。たとえ国宝クラスの名刀であっても、斬鉄剣に匹敵する切れ味の刀など、この世に存在しない。

「それが、面白い掘り出し物がありましてな」

店主は初めて、歯を見せた。

「まあ、見るだけでも……」

「そうですか。では」

五右衛門は店の間の框に腰かけた。よほどの客でない限り、亭主は客がそうすることを好まない。五右衛門は別格中の別格である。

ありふれた蠟色鞘に入った、一見何の変哲もない刀であった。だが、何気なく抜いてみて、五右衛門は驚きを禁じ得なかった。

「これは——」

それきり言葉が出ない。

二尺八寸の、堂々たる大刀である。しかも長さの割に全体のバランスがきわめてよく、片手で長時間かざしていても疲れない。

だがそれよりも五右衛門を驚かせたのは刃文の毒々しさだ。さながら炎のような大丁子(ちょうじ)の乱れが刃の中で踊っている。地金は黒を通り越して渇いた血をほうふつとさせ、見ているうちに思わず手近なものを斬りたい、そんな衝動にかられてくる。

　妖刀とは、こういう刀を言うのだろう。

「わかるかね？」

「いえ……」

　五右衛門の目利きは、そこいらの鑑定家の比ではない。にもかかわらず、この刀の銘は見当もつかなかった。

「斬鉄剣じゃよ……」

「斬鉄剣、こ、これが？」

「ああ、これも斬鉄剣だ。一文字則宗(のりむね)を打ち直したな……」

「――!!」

　そう言われてみれば、腰反り深く身幅もあり、毒々しいながら丁子乱れの見事な作風は、備前福岡一文字の特徴をそのまま残している。五右衛門は柄をはずしてみた。なるほど、中心(なかご)には一文字の銘がそのまま残っていた。

　しかし、全体から受ける印象は典雅な一文字のそれとは、ほど遠い。一目見てそれとわからなかったのも無理はないだろう。まるで打ち直しによって、邪悪な心を吹き込まれたかのようだ。

「もう三十年も刀屋をやっているが、こんなすさまじい妖気を発する刀は初めてだ」

「でしょうな……」

五右衛門はふるえる手つきで一文字斬鉄剣を鞘におさめた。長く見ていると妖気にあてられそうで、怖かった。

「その刀を鍛え直した人物に、心当たりがありそうじゃの」

「あります。いや、こんな刀を打つのは誰一人……。唐沢空也斎」

「お知り合いか？」

「よく知っています」

うなずく五右衛門。その視線はあらぬ一点を見つめる。

「某の、兄弟子にてござる」

2

「で、研ぎに出した斬鉄剣の代わりに、こいつを預って来たってわけ？」

妙に間の抜けた声で、ルパンが言った。

「さよう。これは世に災いをなす妖刀。しかれば、拙者が持っているのがいちばん安全というもの……」

「またまたぁ……、五右衛門ちゃんたら自信過剰なんだからぁ」

そんなルパンを、五右衛門は冷ややかな目で見る。

「刀のことはよくわからねぇが、見るからに斬れそうだな」

ためつすがめつ刀身を見て、次元大介が口を開いた。もともと彼には道具というものに対するこだわりがある。いわゆる玩物趣味ではない、あくまで命を守る実用品として、優れた武器には関心を示すのだ。銃と刀という専門分野は違っても、だから一文字斬鉄剣にはなみなみならぬ興味を抱いた様子だ。

「斬れる。確かに」

あの、唐沢空也斎が鍛えし業物ならばと、五右衛門は思う。

「見ていると、なんかこう、思わず手近にあるものをぶった斬りたくなってくるねぇ……」

「よせやい、次元。村正じゃあるめえし」

ワルサーをいじくりながら、ルパンが言った。両足はテーブルの上に投げ出している。

「いや、この刀の持つ魔力は、村正などとは桁違い。ひとたび手にすれば鉄も人も、さながら刀身に吸いつくように斬れる」

「吸いつくようにねぇ……」

次元は食い入るように刃文を見つめる。

「俺にゃ、とても使いこなせそうもない」

「そのほうが、幸せというものだ」

五右衛門はしみじみと言って、まるで母親が、子供の手から危ない玩具を取り上げるように、一文字斬鉄剣を鞘に戻した。

「時価にして、いくらくらいの代物だい？」

次元の問いにも五右衛門は、

「さぁ……」

と、首をひねっただけである。

「値段など、あって無きが如きものだろう。なにしろ、一文字則宗と言えば古刀の最上作、国宝級の逸物だ。値のつけようがあるまい」

「そんな刀を、無料で貸すほうも貸すほうね」

それまで黙っていた峰不二子が、いてもたってもいられないといった口調で言った。

「私なら、まっ先にお金にかえる方法を考えるけどな……」

「それが危い！」

五右衛門には珍しく、強い物言いである。

「こういった妖刀にはえてして強い呪いが込められているもの。うかつに手放せば災いが及ぶ。たいていの場合、それは死をもって贖わねばならん。まして金にかえようなどとは、笑止」

「じゃあ五右衛門。おめえはずっとその妖刀を、身に佩びていようって肚かい？」

「いかにも。さもなくば手にした誰かに災いがふりかかろう」

「ぞっとしねえな」

ルパンは、忌むように眉をひそめた。

「とんでもねぇ物を持ち込みやがって。ここは俺っちのアジトだぞ。何かあったらそんときゃ、責任取ってもらうかんな」

「承知した」

五右衛門は顔色ひとつ変えず、さらりと言ってのける。

「よーし、男の約束だぞ！　いいな」

「くどい！　それに、刀が悪いのではない。もとをただせば、鍛えた人間が……」

言いかけて、ふと口をつぐむ。

「どうしたい？」

「何でもない」

ルパンの執拗な視線から覆い隠すように、斬鉄剣をたぐり寄せてしまう。

「とにかく、この剣に関しては、某(それがし)が一切の責任を持つ。それでよかろう」

ルパンに、異存はなかった。

3

「ぞっとしねえ夜だ」

フィアット500のハンドルを握りながら、ルパンがつぶやいた。夜の首都高は肌寒く、街灯も深い霧に沈みがちである。おまけにこの時間だというのに、珍しくすいている。

「何かが起きるってか？」

助手席の次元。あい変わらずのシケモクをくゆらせる髭面（ひげづら）も、今夜はなぜか妙に心もとない。

「あぁ、俺にとってよくないことが起きるのは、どういうわけかいつも、こんな霧の晩なんだ」

「畜生、またぞろ奥歯が疼きやがる」

「歯医者に行かなかったのか？」

「行ったさ。三日前に埋めたばかりだってのに。あの藪医者め、高いばかりで腕はからきしときてやがる」

「そんなにひどいのか？」

「ああ。少しでも痛くしたらズドンだって、M19（マグナム）を突きつけてやったのになぁ……」

「治療中、ずっとか？」

「ああ」

「そいつはいいや。俺も今度からそうしよう」

五右衛門はフィアットの後席で、二人の会話を聞くともなしに聞いている。いつもの軽妙なやりとりのはずが、なぜかひどくうつろに思えるのは、二人が不安を必死にまぎらわそうとしているからだろうか。

もっとも五右衛門とて、アジトを出た直後から不安はずっと感じていた。ただルパンたちと違うのは、その不安がもう少し具体的で現実味をおびていることだ。予感と言うよりは、確信に近い。

『――来る！』

フィアットがその車体をトンネルへすべり込ませたとき、五右衛門は優れた武芸者だけに感じることのできる、あの一種独特の緊張感が異常なまでに高まるのを感じた。

次元も、そしておそらくはルパンも、その気配を感じたのであろう。とたんに無口になる。

次元が、ホルスターに手をやるのが、五右衛門にはわかった。自分も剣の鯉口を切ろうとして、いくらかためらいの気持ちがあることを知った。

「やはり――』

その時であった。軽い振動と衝撃が、車体に走った。何者かが、時速90キロで走るフィアットのルーフに飛び乗ったのだ。

次元は、ためらったりはしなかった。

天井に向けて、M19をぶっ放した。車内に閃光が走り、硝煙の匂いが充満する。次の瞬間、五右衛門の鼻先一寸をかすめて、白い稲妻にも似たなにかが走り抜けていた。

五右衛門は、微動だにしなかった。

次元とルパンの姿が、五右衛門の視界の中で、不意に小さくなる。鉄と鉄とがこすれ合うような、いやな音とともに、車体が火花をあげてアスファルトを抉った。

今までに、こういう経験が皆無なわけではない。だが、やられたのは初めてだった。

フィアット500は、ちょうど前席と後席との間で、真横に一刀両断されていたのだ。

泣き別れたふたつの車体が、それぞれ派手にスピンして停まる。前半分はルパン必死のハンドル操作でどうにか無事に。後半分はトンネルの壁にぶつかって派手に。

もちろん、五右衛門がすでに脱出していたことは言うまでもないが——。

律気にもドアを開け、車外に降り立ったルパンは、そこに対峙するふたつの人影を見た。

一人は、五右衛門。

そして、もう一人は……。

まるでそこだけ、時間が百年ばかり逆戻りしたかのような錯覚を与える。

五右衛門と向かい合っているのは、絣(かすり)の小袖をいなせに着流し、腰には大小を差した堂々たる偉丈夫だ。すでに大刀を抜き、青眼に構えた切尖からは、すさまじいばかりの妖気を発している。

4

トンネル内の照明ではよくわからないが、五右衛門に負けず劣らず、かなりの男ぶりであることは確かだ。蒼白く細面(ほそおもて)な顔の右半分は長く伸びた前髪の陰に隠れてはいるが、こちらから見える左目から放たれる眼光の鋭さも尋常ではない。

まさに、おさめるべき鞘を失った抜き身の妖刀。まったくそんな感じなのだ。

ルパンは、初めて出会った頃の五右衛門を思い出していた。

もうかれこれ、十余年前になろうか……。

まだ五右衛門が、忍者百地三太夫の弟子として、ルパンの命を狙っていた頃……。あの頃の五右衛門にも、いまルパンたちの目の前に現われた男のような殺気があった。今でこそ、その殺気を表だって感じさせることはなく、つまりは立派な鞘を身につけた五右衛門も、当時はまさにむき出しの妖気を身にまとっていたのだ。もちろん、今の五右衛門と当時の五右衛門とでは、剣の技量においても、人間としての器という観点においても、比べるべくもないが……。

とにかく、その妖剣士が全身から放つ妖気は、かつての五右衛門に似て、それでいて五右衛門の比ではない。近づくもの、触れるものを斬らずにはおかない、そんな妖気なのだ。

『こりゃ、まるで一文字斬鉄剣だぜ……』

ルパンは確信するに至った。この男こそ、あの一文字斬鉄剣を鍛えたまさにその男であるに違いないと。

その恐ろしさを十分に承知しているのであろう。五右衛門も、あえて自分から仕掛けるようなことはしなかった。ただ、どんな攻撃にも応じられ、即座に攻撃に転じられるように、示刀流の居合いの構えを取ってはいた。

達人同士の間合いである。ルパンも次元も、立ち入る隙(すき)はない。

「ルパン……」

次元が小声で囁いた。

「気づいたか？」

「ああ……」

二人の構えは、明らかに同じ流儀であった。いや、単に同門というだけではない。それ以上の近さがあった。つまりは、同じ師に学んだ剣に相違ないということだ。おそらく、お互いの手の内も知り尽くしているに違いない。その証拠に、どちらも自分からは仕掛けられずにいる。

となれば、あとは気力と体力の勝負である。こうしている間にも両者の間には、目には見えない剣と剣との応酬が、無数に繰り出されているはずであった。

無気味なほどの静寂が、続いた。

傍観者であるルパン、次元でさえ、この膠着状態には多大なる精神力の消耗を強いられた。まして、歩く妖刀とでも呼ぶべき魔剣士に、真正面から向かい合っている五右衛門の疲労は、いかばかりであろう。

五右衛門の右手は、一文字斬鉄剣の鯉口を切ってはいたが、その剣は依然、鞘の中にある。だが、居合いにおける必殺の間合いには踏み込めずにいた。相手の出方を待つ形である。居合いの勝敗は鞘の中で決まる。ひとたび五右衛門に抜かせてしまえば、妖剣士の勝ちであろう。五右衛門もそれを知っている。

もうひとつ、五右衛門には大きなハンデがある。今日に限って、彼が身に佩びている太刀は、慣れ親しんだ斬鉄剣ではない。それどころか、よりによってその向かい合っている敵が自ら鍛えた恐るべき妖刀である。

あたかも、それを見越したかのような、敵の出現も、妙にルパンにはひっかかった。両者が同門なのも気になる。

『こりゃあ五右衛門、危ねぇかも知れねえな』

　瞬間、相手がついに仕掛けて出た。

　白刃が青い稲妻を発したかのようであった。常人の目には止まらない。動体視力に優れたルパンと次元の目には、かろうじてその軌跡がわかる程度である。

　だが五右衛門は、音もなく、ひらりと間合いの外に飛びのいた、紙一重で見切っている。構えは崩れない。

　かつて、百地三太夫門下にあった当時の五右衛門ならば、剣を抜いて襲って来る太刀を正面から受け止めていたであろう。

　それをしなかったのは、ルパンとともに過した十余年間に、彼が身につけた極意であった。

　だが妖剣士は、それを五右衛門の怖気と見た。

「臆したか、五右衛門！」

　声高に叫んだ。その声はいかにもこの男ならではの妖気に満ちている。だが、意外に声そのものは細く、澄んでいた。

「盗っ人風情に身を落とし、その剣も錆びついたようだな」

「違う――!!」

凜として、五右衛門が叫ぶ。

「どこが違うというのだ!?　昔のお前ならば、受ける刀で拙者の胴をはらっていたものを」

「おい、見ろ……」

次元が、五右衛門を指さす。その着物の左肩が切れ、肌が見えていた。うっすらと、血まで滲んでいるではないか。

紙一重で、見切ったはずである。

五右衛門の眼力をもってしても、間合いを測れなかったのか。それとも……。

「変わったのは、兄者のほうだ」

「なにっ!!」

兄者と呼ばれたことが、さぞや心外でもあったのか、妖剣士の顔に一瞬、けわしい色が浮かんで消えた。

「ぬけぬけと……」

「いや、あなたは変わった。この一文字斬鉄剣のように……」

言いつつ、自分の刀に目をやる。

「言うな！」

白刃が、再び唸りを上げた。

5

五右衛門が、初めて抜いた。

頭から斬り込んで来る必殺の一撃を、刃まちに近い鍔元で受けた。

妖刀と妖刀とが、がちっと嚙み合い、紫色の火花が散る。そのまま、鍔ぜりあいになった。

「ほう、それは俺が焼いた一文字だな。あの店に行ったのか？」

五右衛門は答えない。

「ま、聞かずともわかる。ということは貴様の斬鉄剣はあの店だな」

ふたつの影は、お互いほとんど同時に、ぱっと離れた。

次元は、それを待っていた。

銃声が3発、たて続けに起こった。抜いてから0・5秒とたっていない。

だが弾丸はことごとく、弾頭をふたつに割られて虚しく敵の足もとに転がった。

剣も腕も、五右衛門と互角以上――。

「なめてもらっては困る」

彼の剣もまた、彼自身の打ち直しによる斬鉄剣なのであった。それも、希代の名刀、伯(ほう)

耆国安綱を鍛え直した逸品である。斬れ味において、一文字斬鉄剣にいささかも劣るものではない。


「手出し無用!!」

五右衛門であった。これは、彼自身の戦いなのである。

「兄者、いや、唐沢空也斎。あなたの剣では某には勝てん。もし、拙者がいつもの斬鉄剣を身に佩びていたのなら……」

すでに勝負はあったと、断言できる。それだけの自信が五右衛門にはあった。さすがの空也斎でさえ、その自信に裏打ちされた言葉に一瞬気圧されしたかに見えたが、すぐに、

「ほざけ!!」

と、剣をめぐらせた。

今度は五右衛門の側にも、十分に受けて立つだけの余裕があった。

ぶん——!!

一文字斬鉄剣が唸った。その勢いは安綱斬鉄剣の切尖をはね返し、なお空也斎の顎を下から割るように迫る。

空也斎はからくもこれをかわした。

が、すさまじい剣風によってひき起こされた風圧が、その前髪をはね上げた。初めてあらわになったその顔に、右目はなかった。ただ、右目のあるべき場所に、醜い抉られたよ

うな傷跡がある。

「ちっ!!」

見られたくないものを見られたという表情が、空也斎の顔にはありありと見てとれた。

そして、そこにまた隙も生まれた。

が――、

この絶好のはずの好機に、五右衛門の剣も止まった。

いかに空也斎と言えども、斬って斬れない間合いではなかった。五右衛門がそれを見逃したとも思えない。

ルパンでさえ

『おや？』

と思ったほどである。

「くっ……」

空也斎が唸った。彼にとっては、そのほうがかえってこたえたのだろう。敵に情をかけられることを、死ぬ程嫌う男であった。

「勝ったつもりか。俺は昔から、貴様のそういうところが、鼻もちならん！　五右衛門。貴様の首、今少しの間預けておく」

捨て台詞を残して、その体は闇に紛れた。五右衛門も、敢えて追おうとはしない。ただ、手にした一文字斬鉄剣をじっと見つめるのみ。

『おかしい』

五右衛門は直感した。あれくらいのことで、空也斎が隙を見せるはずがないのだ。その疑惑が五右衛門をして踏みとどまらせた。

『わざと隙を見せて誘ったのか、それとも……』

いやな胸騒ぎがする。

一文字斬鉄剣は、すんなりと鞘におさまってはくれなかった。まるで、血を吸わなければ鞘に戻るのは嫌（いや）だと言わんばかりであった。

6

「どうにも、寝ざめが悪くていけねえや」

次元はしきりと、髭をいじっている。気嫌がよくないときの、彼の癖である。

「頼りの用心棒先生が、身内の敵に手心を加えたとあってはよ……」

「なに」

五右衛門の端正な眉が、ぴくんと動く。

「今の言葉は聞き捨てならん」

「そうかい。気に障ったかい」

一触即発をにおわせる口ぶりで、次元は五右衛門を挑発する。

「けどな、こっちも伊達や酔狂で命のやりとりしているじゃねえんだ。お家騒動もけっこうだが、あんまり人を巻き込まねえでもらいてえもんだな」

「貴公、何が言いたい」

「手心を加えたろう」

「そんなことない」

「この際、はっきりしてもらうぜ。俺は、うやむやなのは、好きじゃねえんだ。相手がお前(めえ)の身内で、斬れなかったんならそれでもいい。だがな、それならそれで白黒つけてもらわねえとな」

次元の言葉にも、なるほど一理はある。五右衛門は言われるままに聞いている。釈明とか、言い訳を一切しないのが、この男の信条なのだ。だが、それがかえって次元には歯がゆいのである。

『今まで、生死を共にしてきた仲間じゃねえか』

というのが、次元の言い分である。すべてを自分の問題として片づけようとする五右衛門の態度は、あまりにも水くさい。

「どうして、斬らなかった」

「なに？」

「とぼけるんじゃねえや。この帽子の下から覗いているのは、ふし穴だとでも思ってんのか。お前はあの侍を斬らなかった。その気になればお前の腕なら、あそこで一刀両断に斬って捨てることもできたはずだ。違うか？」

さすがに次元も数多くの修羅場をくぐり抜けてきているだけあって、見るべきところは見ていた。

だが、あそこで空也斎を斬れなかったのは決して手心を加えたからではない。ましてや腕がふるえて斬れなかったからでもない。

理由は他にあった。

「五右衛門。お前も、見かけによらず甘いぜ」

「違う!!」

思わず叫んだ。

「あそこで斬らなかったのは、断じて敵に情をかけたからではない！」

「じゃ、なんだ？」

「それは……」

ルパンが間に割って入った。見るに見かねてと言うよりも、眠りを妨げられたくないというのが本音のようだった。なにしろ深夜の主都高速で車を失ったのだ。アジトに帰りつくまでの苦労も並たいていではない。夜っぴき、歩いたというわけなのだ。

「五右衛門、言いたくねえことは言わなくたっていいけどもな、ちいっとばっかしよそよそしいんじゃねえのか？　次元もそれを言いたいわけよ。そうだろう、次元」

「え!?　あ、ああ……」

しどろもどろに答える次元。

「そゆコト。ま、人にはそれぞれ過去ってもんがあらぁな。だけどケジメはきっちりつけねえとな」

ルパンはそう言って、五右衛門にウィンクした。

「言われずとも」

一文字斬鉄剣を、ぎゅっと握りしめる。

「まぁ、お手並みはおいおい拝見させていただくさ」

次元はソファの上に両足を伸ばし、帽子のひさしをぐっと下げた。

「俺ぁ、寝るぜ」

やがて、ルパンと次元の高いびきがコーラスになって聞こえてきた。

五右衛門は、眠るどころではない。

『やはりこの手で斬らねばならぬのか……』

握りしめた一文字斬鉄剣が一閃し、どこからかまぎれ込んだ蛾が一匹、災難に遭った。

7

「辛いか……」

振り向くと、空也斎の笑顔があった。

川辺に立たずんで泣いていた五右衛門は、あわてて涙をさとられまいと顔を拭いたが、手遅れだ。

「誰にも言わぬよ」

道場で見せる厳しい顔とは別人のような優しさが、少年らしからぬ整った顔立ちから漂う。

「俺も、お前と同じ入門したての頃は、よくここで泣いた」

「兄者が……」

五右衛門には、この強い兄弟子が泣くとは、信じられなかった。ひとたび剣を持って目の前に立てば鬼である。五右衛門など何度、その剣に打ちすえられて泣いたか知れない。

「強くなれ、五右衛門」

空地斎は五右衛門の肩に手をやった。

「お前なら、なれる」

「本当に……」

「俺の目に、狂いはない」

十二歳の少年にそう言われるのもおかしな話だが、十歳の五右衛門が、この言葉にどれだけ元気づけられたかははかり知れない。

「兄者がそう言うのなら……」

正直、逃げ出そうかとも思っていた五右衛門であったが、もう一度やってみようという勇気が、湧いてきた。

「五右衛門。お前の剣は鋭いよ。ただ、気迫が足りない。もう少し気迫を持てば、今よりずっと強くなれる」

「でも兄者、同じ道場の仲間を、まして兄弟子であるあなたを、私にはとても叩けません」

「それは違う！」

空也斎の語気は激しかったが、優しかった。

「ひとたび剣を持って向かい合ったら、たとえそれが親兄弟であっても斬れ。誰も怨みはせん。それが剣だ」

「兄者は、斬れますか？」

「斬れる。そして、だからこそ逆に自分が斬られて死んだとしても、後悔はせん」

「……」

「強くなれ五右衛門。二人で競い合おうじゃないか」

「はい」

五右衛門は顔を上げた。その目が輝いている。

「その意気だ」

伊賀の里、百地三太夫道場――。

日本全国から、剣の才能のある子弟が集められ、鍛えられる。その修業は、厳しいなどというものではない。まず八割がたは、最初の一年で脱落する。なまじな才能では、ついて行けない。

もともと百地道場は戦国時代より続く忍者養成所。それがいつの頃よりか、剣術道場に体裁を変えただけのこと。それも表面上で、剣だけではなく、忍びの術や体術までも修得させられる。噂では免許皆伝者は、内閣調査室や自衛隊の上級幹部職からも、ひく手あまただと聞いている。

だが、五右衛門にとって、そんなことはどうでもよかった。

「強くなりたい！」

それがすべてであった。

もともと、五右衛門に天分がなかったわけではない。

栴檀は双葉より芳しと言われるが、すでに少年時代から、その剣の才は卓抜していた。

もう一人、師匠の三太夫が特に目をかけている弟子がいた。

他ならぬ唐沢空也斎である。

二人とも、道場でもまれるうちに、めきめきとその頭角を現わしていった。

才能は、まったくの互角――。

だが、その剣はまったく対照的であった。

五右衛門の剣を静水に浮かぶ白鳥の剣とするならば、空也斎のそれは、天翔ける荒鷲の剣である。相手の太刀を水のように受け流すのが五右衛門の構えであるとすれば、空也斎の太刀は、相手の受ける太刀もろとも一刀のもとに斬り捨てずにはおかない、覇気にあふれた剣であった。

だが、荒ぶる気性の激しさこそあれ、空也斎の剣が最初から今のような妖気を滞びていたわけではない。むしろ、真っ向から正々堂々と打ち込む潔さがあった。木刀の勝負では
だから、そこを五右衛門の筋のよさにあしらわれ、三本に二本は五右衛門が取った。

だが、真剣ならば気迫と打ち込みの激しさにおいて空也斎のものだろう。そんなことが
百地三太夫の弟子たちの間で囁かれていた。

五右衛門の剣には品がある。技術的にも、空也斎よりは優れていよう。だが、実戦でものを言うのは気迫である。五右衛門の剣にはそれがない。相手に与える威圧感という点に

おいても、空也斎と比べれば見劣りがする。

もちろん、それは間違いである。五右衛門の本当の恐しさは、あくまでも波ひとつ立たぬ静かな、その水面の下に潜む。しかし、そこまで見抜けるほどの者は、師の百地三太夫を除いては道場にも皆無であった。だからいつの間にか、

『俺は五右衛門よりも強い』

という驕りが、空也斎の心に芽生えたとしても、それは無理からぬことではあった。

それが、悲劇を呼んだ。

その日、百地三太夫は主だった弟子たちを道場に集め、立ち合わせた。

ときに、石川五右衛門、弱冠十五歳――、
対する唐沢空也斎は、十七歳。

その日の試合の中でも、この二人の対決は白眉であった。他の弟子たちの興味もそこに集中し、師匠の三太夫ですら心ひそかに期待するものがあった。

どちらが勝つにせよ、その試合展開は最高の内容を約束していると言ってよかった。

白装束の稽古着に身を包んだ五右衛門が、まず、木刀をたずさえて現われた。

誰もが認める紅顔の美少年である。肩まである長髪を無造作に束ね、凜としたその姿は、まったくどこから見てもあっぱれな若武者ぶりであった。紅でもひけば美少女と言っても通用する整った顔立ちは、むしろ武芸者としては足手まといになりはしないかと、三

太夫が杞憂するほどであった。ただ、その双眸だけはいかにも剣士のそれらしく、静かな中にも鋭い眼光をたたえている。

そして、もう一人の空也斎の人となりは、その五右衛門と見事なまでの対比をなしていた。上背高く、リーチも五右衛門より長い。恵まれた体格に加えて、対峙しただけで相手を威圧する闘気が、全身からあふれ出していた。とても、十七歳の少年とは思えない。

だが五右衛門は、そのすさまじいばかりの空也斎の闘気に臆する風もなく、木刀を構えて立ち合った。押し寄せる嵐も、柳に風と受け流すかのようであった。これまた、少年にはなかなか達せられる境地ではない。

そんな二人の弟子を持ったことに、三太夫はすこぶる満足な様子であったが、満足してばかりもいられなかった。両虎戦えば、どちらか一方は傷つくぐらいではすまない。

「はじめっ!!」

三太夫が叫ぶや、体格において勝る空也斎は、一挙に雌雄を決せんものと、果敢に打って出た。

道場では俗に〝空也斎の五段突き〟と呼ばれる、恐るべき先制の剣である。瞬くほどの間に、切尖が稲妻のように繰り出される。まずたいていの相手には、これで決着がつく。

だが、格下の相手なら文字通り必殺のこの剣も、五右衛門には通用しない。矢つぎ早の五段突きを五右衛門の木刀はことごとくはねのけ、流し、あるいは間一髪でよけた。

『うまい！』

三太夫は舌を巻いた。見切りが出来ている。木刀と言えども空也斎ほどの剣士が持てば真剣となんら変わるところはない。当たれば確実に死ぬのである。それを、ぎりぎりまでひきつけてからよけられる五右衛門の見切りと度胸に、三太夫は末恐しいものを感じた。外見からは想像もできない胆力である。

空也斎はしかし、五右衛門に反撃する時間を与えなかった。すぐさま足をめぐらせ、はらうような横なぐりの太力を浴びせかけてきた。それがまたしても間一髪でかわされるとたて続けに返す太刀がくる。これまた恐るべきスタミナであった。この男には並の人間の常識というものがほとんど通用しない。木刀を片手で長時間ふり回しても、いささかの疲れも感じないようであった。

何度目かに放った太刀が、五右衛門のバランスを崩した。

もし、二人の優れた弟子のうち、どちらをも失いたくないのなら、三太夫はここで勝負あったとするべきであった。

勢いに乗った空也斎が力まかせの一撃を繰り出す。五右衛門はしかたなく、自らも打って出た。かわせない以上、そうするより他になかった。

木刀と木刀とがぶつかって、すさまじい衝撃音が、道場内に轟いた。

空也斎の剣ははね上げられ、彼の手を離れると、くるくると回りながら道場の隅に飛んで行った。

五右衛門の木刀はまっぷたつに折れた。手元に残ったほうの、折れてささくれだった切尖が、勢いあまって吸い込まれるように、空也斎の顔面に突き刺さっていた。

不思議なことに、そこから先、五右衛門の記憶の中には、音というものが一切欠如していた。絶叫さえ、聞こえなかった。

ただ、顔面を朱に染めた空也斎が、道場の床を転げまわる姿だけが、鮮明に瞼に焼きついた。

8

その一件からというもの、ふたりの剣は目に見えて変わった。いや、実際には目に見えぬところでの変化のほうが、見える部分にも増して大きかったのであるが……。

空也斎の傷が癒えるには、半年近くを要した。そして、傷が治ってからの彼も、もはや以前ほどの使い手ではなくなっていた。なによりも右目を失ったことが致命的であった。片目では距離感がつかめず、必殺の間合いの内に踏み込めない。切尖も見切れない。

そのかわりに、ある種の凄味が身についた。顔の半分を覆う醜い傷跡も、そのことをおおいに扶けたことは否定できない。剣の技ではなしに、相手を妖気で威圧して、倒すタイプの剣士に変貌したのだ。

それに対して、五右衛門の剣にはますます磨きがかかり、鋭さを増した。若くして、芸術の域にさえ達した観があった。そして、その剣には、そこはかとなく、もののあわれが感じられた。

ただ、師匠の三太夫は例の一件以来、たとえ竹刀であっても二人を戦わすことを避けるようになっていた。

そして、五右衛門が19歳、空也斎が21歳になったある年の夏――、

二人は師匠の前に呼び出された。

二人の前には、水をいっぱいに湛えた金盥がそれぞれ置かれた。そして、その中には一片の薄紙が浮かべてあった。

「思いのまま、斬ってみよ」

三太夫はそれだけ言って、二人に真剣を渡した。

「ふん」

空也斎は鼻であしらうと、一刀のもとに金盥もろとも、叩き斬った。薄紙はおろか盥の中の水さえも、一瞬ふたつに斬れたほどの、目にも止まらぬ太刀であった。

「しからば」

五右衛門は抜く手も見せなかった。

しばらくは、何が起こったのかさえわからない。

が、やがて盥の中に変化が起こった。水面にさざ波ひとつたてることなく、五右衛門の太刀は薄紙をささらの如く斬っていたのである。

数日後、五右衛門には示刀流の奥技と、その証たる斬鉄剣が与えられた。空也斎のほうには音沙汰なしであった。

ほどなくして空也斎は、示刀流の斬鉄剣製法に関する秘伝書を盗んで、逐電した。

空也斎に同調して出奔したる内弟子、数名——。いずれも、彼の息のかかった者である。

「追わないのですか?」

という五右衛門の言葉にも、百地三太夫は首を横に振って笑うのみであった。

「追わずともよい。あの男に、本物の斬鉄剣は鍛えられぬよ」

「しかし……」

「それに、追ったとしても空也斎を打ち果たせる者は、この道場にはおるまい、それとも五右衛門、お前が行くか?」

五右衛門には答えられなかった。

「あの男の人生を棒に振らせたのも、半分は儂の責任。秘伝書のひとつやふたつ。くれてやるわ」

三太夫は豪快に笑ったが、五右衛門はとても笑う気にはなれなかった。片目の虎は野に放たれた。

余談になるが、その秘伝書ももとを正せば百地三太夫がルパン二世から盗んだものだとは、五右衛門はずっと後になってから知った。

9

五右衛門が師である百地三太夫を自ら斬り、ルパンの下(もと)へ走ったのは、それから数年のち。

彼の剣には、ますます磨きがかかっていた。

その間に、一度だけ斬鉄剣が折れたことがある。クローン人間マモーの配下の、フリンチという男と闘ったときのことだ。

超合金の鎖帷子(かたびら)を着込んだフリンチに苦戦しながらも、五右衛門は彼を斬った。だがそのときに、ちょうど物打ちのあたり、切尖から三寸ばかりのところで斬鉄剣が折れてしまったのである。

剣のせいではない。自分の腕が未熟だったからだと五右衛門はいたく恥じた。そしてそのまま山中にこもり、修業すること三ヶ月。そのおりに手に入れた正宗を自ら打ち直し、斬鉄剣に鍛え上げた。

五右衛門が身に佩びている斬鉄剣はしたがって、現在二代目ということになるが、他に何本スペアがあるのかは、ルパンでさえ知らない。ともあれ、以来斬鉄剣は以前にも増して斬れ味を増し、鎖帷子はおろか戦車やジェット戦闘機を斬っても、歯こぼれひとつしたことはない。まさに、無敵の斬鉄剣であった。

もちろん、その陰には十三世石川五右衛門という、稀有の使い手がいたことも忘れてはならない。

ところが、その五右衛門と、対等に渡り合える剣士が出現したのである。しかも相手はかつての五右衛門の兄弟子で、その差料は斬鉄剣だ。

ルパンたちが、ひどく心配するのも無理からぬことであった。

かねてより、五右衛門と斬鉄剣が敵に回れば、どれほど恐しいことになるであろうかとは、ルパンの懸念にあった。今でこそ、深い友情で結ばれてはいるが、かつては敵同士である。しかも、五右衛門の剣の冴えは、当時と比べれば格段のひらきがあろう。

その一方で、自分と五右衛門の行く道が、どこかで別れるであろうことも、ルパンは予感していた。

今後のことは、いわばその懸念が、なかば的中したことになる。ルパンにとっては、ゆゆしき事態である。

『こんなときに限って、不二子はどっか行っちまうしなぁ……』

ベッドに横になっても、まんじりともできない。結局、明け方近くまで何度も何度も寝返りをうったあげく、ようやくうとうととまどろみかけた寝入り端(ばな)を、次元に叩き起こされた。

「ルパン！　起きろ、この野郎!!」

目覚まし時計の代わりとして、次元はきわめて適任だが、やり方にはおおいに注文がある。

「どした？」

「寝ぼけてる場合か。五右衛門がいねえぜ」

「知ってるよ。明け方出て行った」

「なんだと!!」

とたんに次元の目つきが陰険になる。コブラツイストをかけられてはかなわないので、ルパンはあわてて飛び起きる。

「知ってて、なんで起こさねえ」

「黙って行かせてやったほうがいいと思ったからだ」

「馬鹿野郎！　五右衛門は死ぬ気だぞ」

「死ぬと決まったわけじゃねえ。五右衛門も覚悟は決めただろうが、負けるつもりはねえ」

「だからお前は、楽天家だと言われるんだ」

次元の舌は、さながら機関銃のように言いたいことを吐き散らす。しかもこの舌は機関銃と違って、けっして弾丸ぎれになることはない。

「いいかルパン、あれほどの奴だぞ。五右衛門を殺るのに、どんな卑怯な手を使わねえとも限んめえ！」

「わかった。もう黙れ、次元。こいつは五右衛門の戦いだ。俺たちが手出ししたって、どうにもなるめえ。それはゆうべも、いやというほど思い知らされたはず……」

「だからって……」

「かえって、俺たちは足手まといってもんさ。今回に限ってはな……」

「けっ、お前って奴は、まったく薄情だよ。だけど、その通りなのが気に入らねえ」

次元の声は、涙声になっている。

やがて、自分からソファに戻ると、頭から毛布をかぶってしまった。こんな時でも帽子は脱がないのが次元らしい。

「どした？」

「もう少し、寝る！」

さあ、眠れるかな。賭けてもいいとルパンは思った。

10

道路を濡らしていた朝霧が、いつの間にか小糠雨になっている。午前5時の表参道は、さすがに人気もない。五右衛門は代々木公園のスロープを、ひたひたと歩いた。

気配は、とっくに感じ取っている。

一人、二人……三人か。

いずれも、訓練を受けた者の忍び足だ。

力量は、いずれも五右衛門よりは劣るだろう。だが、三人束になると、侮れない敵だ。

第二体育館のあたりで、霧の中にぼうっと、最初の人影が浮かんだ。

別の一人が背後に回って退路を断つ。いま一人は搦め手から来るか……。

前方の影は、陣笠を覆っていた。そして野袴の上に陣羽織をはおり、腰には大小という時代劇の中から抜け出して来たようないでたちである。近代的な体育館の建物とは、まさに好一対をなしていた。

「退けぬか？」

五右衛門が口を開いた。その声は小雨の中にすい込まれるように消えていった。

「訊くまでもない」

ややあって、前方の人影が応える。どうやらこいつが、三人の頭目らしい。

「おぬしらはいつから、空也斎の手先になりさがった」

「言うな！」

背後に回った一人が、叫ぶ。

「貴様とて、盗っ人の配下ではないか。やはり血筋は争えぬか石川五右衛門」

「某は、自らの信念の下に生きている。信念がそう命ずるならば、盗みも恥じぬ」

「ぬかしたな」

頭目が刀を抜いた。それを合図のように、あとの二人も柄に手をやる。

「やはり、貴公らであったか……」

三人はいずれも、かつて百地三太夫の下で共に学んだ門弟であった。空也斎逐電の際、ともに道場を出たのも彼等であった。

そして、その刀は三口(ふり)とも斬鉄剣！

陣笠が三つ、宙に舞った。

「面白い！」

五右衛門は一文字斬鉄剣を抜くと、目の高さで水平に構えた。

雨が、刀身に当たって、かすかに白い湯気となった。

足場の悪さも、さほど苦にはならない。

三対一のハンデも、むしろ闘志をかきたてるには好都合。どこからでも来いという自信が、その構えには現われている。

「くくっ……」

三人の刺格は、それぞれ示刀流の免許皆伝であり、百地道場ではならした高弟ではあったが、やはりこうしてみると剣士としての風格がちがう。三人とも、自分が五右衛門を仕止める肚づもりではあったが、それは他の二人の剣をあてにしてのことである。

五右衛門には、すべてお見通しであった。

「うぬらの腕で、某は斬れん」

五右衛門は豪胆にも言い放った。

「某の腕を見るためか、せいぜいが時間稼ぎに使われているだけだ。わからぬか」

「問答無用！ 師の仇！」

頭目格の男が叫んで、大上段にふりかぶった。

「御堂兵志郎（みどうひょうしろう）、三条宗近斬鉄剣、参るっ！」

「ほう……」

そんな斬鉄剣もあったかと、五右衛門は興味をもった。どうやら空也斎は名刀という名刀を求め、それを片っ端から斬鉄剣に鍛え直しているらしい。

「大垣主膳、和泉守兼定斬鉄剣、参る」

背後の男も、名乗りを上げた。続いて三人目も右手から、

「砂塚一刀、貞次斬鉄剣、参る」

と、これはややひかえ目に言った。

三人とも、五右衛門に仕掛けたつもりが、むしろぬきさしならなくなって、覚悟を決めた様子である。半分は、剣のせいであろう。

ともあれ、機は四人の間で、完全に熟した。誰かがこの均衡を破らなければ、殺気で胸が張り裂ける、そんな頃あいでもあった。

「だあぁっ！」

まず大垣主膳が仕掛けた。三人の中ではいちばんの大柄で、道場でも並はずれた膂力でならした男である。しかし五右衛門の敵ではない。三尺に近い長大な兼定斬鉄剣による一撃を、難なく受けた。

そして、かわす勢いで搦め手の砂塚一刀に、自分から仕掛けて出た。

「うっ！」

驚いたのは砂塚である。大垣の攻撃がある程度功を奏したら、自分も打って出ようと機をうかがっていたところへ、予期せぬ不意打ちをくらったのだ。

完全に、虚をつかれたかたちになった。

五右衛門の剣は、確かに変わっている。百地三太夫の道場にあった頃の彼ならば、けっして自分から打って出ることはなかった。しかし、気づいたときにはすでに手遅れである。

意表をついた五右衛門の剣を、砂塚一刀はなすところなく袈裟がけに浴びて、朱に染まって倒れたのであった。

「おのれっ！」

御堂兵志郎が、おめきながら打ちかかるのを、五右衛門は棟で受け止めた。やや、本降りになってきた雨が、その肩を、頬を濡らす。だが呼吸ひとつ乱れてはいない。

「主膳、やれ！」

「おう」

兵志郎が五右衛門と、激しい鍔ぜりあいを演じる間に、主膳は背後にまわった。

「やっ！」

渾身の力を込めて斬り下げる。

やったと思った。手応えもあった。

だが、それも一瞬のことで、素早く気配を察知した五右衛門は、目にも止まらぬ早業で体を入れかえていたのである。

「あっ！」

勢い余った主膳の大刀は、味方である兵志郎の体を、ふたつに割っていた。

もとより、業物と言われる和泉守兼定である。しかも斬鉄剣に鍛え直されている。生身の人間の体など、ひとたまりもなかった。普通なら頭骸を割り、肋骨を断ち、腰骨のあたりで止まるはずの大刀が、そこで止まらなかった。文字通り身ふたつになった御堂兵志郎のむくろは、左右に倒れる。

「わあっ！」

今度は主膳の体を、恐怖がつきぬけた。五右衛門の腕ならば、打ち込みによって隙の生じた自分など、好きなように料理できる。そう悟ったからであった。

しかし、五右衛門は、そうしなかった。

「行け！」

一文字斬鉄剣をだらりと下げ、主膳に顎でうながした。

「行って、ありのままを空也斎に伝えろ」

だがそこは、主膳にも意地がある。

「死ぬ気か……」

構えを崩さぬ主膳に、五右衛門は鬼気迫るものを感じた。どのみち、この場をながらえても空也斎に斬られるだけなのだ。主膳は五右衛門よりも空也斎を恐れていた。

「そうか……」

五右衛門は一文字斬鉄剣を地摺り八双に構え直した。必殺の構えである。これで主膳に生き残る道はなくなった。

主膳は右手に兼定を構えたまま、左手で脇差を抜いた。堀川国広。小なりとはいえ、これも斬鉄剣である。

『二刀流か……』

だが示刀流に、二刀の構えはない。

思った瞬間、脇差を投げつけてきた。五右衛門がはらいのけるのと、主膳が捨身の一撃を試みるのとが、同時だった。

が、五右衛門の太刀は吸い込まれるようにその胴を薙いでいた。

「くふっ……」

主膳は、打ち込んだ姿勢のまま、しばらく石のように動かずにいたが、五右衛門が一文字斬鉄剣を鞘におさめると、やがて前のめりに崩れ落ちた。

「また無益な殺生をしてしまった……」

つぶやく五右衛門。

雨が、激しさを増している。石造りのスロープに流れ出した血も、雨が洗い流していた。

〃

不安が、五右衛門を急がせる。

代々木公園から渋谷道玄坂までを、一気に駆けた。

『よもや！』

しかし、予感は的中した。

『遅かったか……』

刀屋の亭主は、一刀のもとに斬殺されていた。左肩からざっくりと斬り下げたその太刀筋は、まぎれもない斬鉄剣の、そして唐沢空也斎のものである。おそらく、店に入るなり抜き打ちに斬ったものであろう。亭主はいつも店に座っている。その姿勢のままに果てていた。

しかも、その胸に小柄(こづか)が刺され、紙きれが止めてある。

『貴公の斬鉄剣は俺が預かった
取り戻したくば今夜子の刻　晴海埠頭
他言無用

唐沢空也斎』

走り書きの文字はそう読めた。

五右衛門の心に、忸怩たる想いが満ちた。『あの時に、斬っておけばよかった……』

もし、そうしていれば、亭主も死なずにすんだろう。五右衛門にしても無益な殺生をせずにすんだはずだ。

『斬ろう！』

そう決意した。

『斬鉄剣を取り戻すためでなく、これ以上あの男を狂気の殺戮に走らせないために……』

そう誓って、亭主のなきがらに手を合わせたときである――

「石川五右衛門、御用だぁ！」

聞きなじんだダミ声が、耳を聾した。

「殺人現行犯で逮捕する。神妙にお縄を頂戴しろォ!!」

機動隊一個小隊をひきつれての、銭形の乱入であった。

「なにっ」

これにはさすがに、驚きを隠せない五右衛門。飛びずさるなり、一文字斬鉄剣の柄に手をかけた。

「どうしてここがわかったっ!?」

「さる御仁の通報だ。四人も斬りやがって、死罪は免れないものと覚悟しろよ」

「三人だ!!」

飛びかかる機動隊員を、さっと峰打ちにしながら叫ぶ。

「御仁……。唐沢空也斎か？」

「てやんでえ、そんなことが言えるか」

「こちらも、今ここで捕まる気はない！」

戸板を蹴って、表に出た。居並ぶ機動隊も、斬鉄剣の威力を知っているのでうかつには手が出せず、遠まきに見守るだけだ。

「邪魔する者は、斬る！」

「ガス銃を使え!!」

銭形が叫び、催涙ガス弾が発射された。が、すでに五右衛門はそのはるか先を跳躍している。ジュラルミン楯を斬りちらかし、囲みを一蹴した。まさに阿修羅の如き奮迅。

と、その行く手に現れた人影に、五右衛門の目は一瞬釘づけとなった。

「不二子!!」

まぎれもない峰不二子の出現は、五右衛門をめんくらわせた。思わず駆け寄る。

「不二子、逃げろ！　ここは危い」

「わかってるわ。危くしたのは、あたしだもン」

「え?」

不二子のベレッタが火を吹いた。

「まさか……」

信じられないという表情で、五右衛門は不二子を見た。急激にかすんでいく視界の中で、不二子はいつもと変わらず美しい。

斬鉄剣を杖に身を支えようとしたが、そのままずるっと雨の中に崩れる。水しぶきが上がり、不二子のスラックスを濡らした。

「どういう風の吹き回しか知らんが、今回ばかりは協力感謝するぞ。峰不二子」

この雨の中で、銭形のトレンチコート・スタイルは異様に似合っている。さながら映画のワンシーンのようだ。

「いいのよ、警部。そのかわり、五右衛門を絶対に、逃がさないで欲しいの。少なくとも、今夜の12時まではね」

「馬鹿を言え、12時と言わず、永久に逃がさんわい。そのまま、絞首台送りよ」

「さぁ、それはどうかしら……」

不二子は、あの謎めいた微笑を浮かべた。

「遅かれ早かれ、ルパンが助けに来ると思うけど……」

「はっは、その時はルパンもまとめて御用じゃい」

「いずれな。今日のところは、あんたは協力者だ。逃げるなら、今のうちにな」

「あたしは？」

「そうするわ」

不二子はベレッタをバッグにおさめた。込めてあるのは実弾ではない。CIAで開発された即効性の麻酔弾だ。五右衛門は少なくとも三時間は、眠り続けるだろう。できることなら、空也斎との約束の刻限まで眠っていて欲しいものだが……。

「じゃあね警部。元気でね」

「おい」

不二子を呼び止める銭形。

「なに？」

「こういうかたちの〝協力〟は、これっきりだぞ……」

ニヤリと笑って背中を見せる。

「感謝するわ」

不二子は微笑み（ほほえ）を残し、そのまま雨の中へと消えた。

ちょっとしたボギーとバーグマンを、二人は背中で演じてみせたのだ。

「これで、よかったのよ……」

ハンドルを握りながら、不二子はつぶやいた。

「あの男に斬られるよりは……」

雨は、どうやら本格的な台風の上陸を告げていた。ひっきりなしに動くワイパーでも、なお十分な視界を保証してはくれない。

不二子は、空也斎を知っていた。のみならず、いま彼女が乗っているリトモの助手席に彼を乗せたことさえある。

だから、彼の恐ろしさは知っていた。彼が五右衛門を陰に陽につけ狙っていることも、戦えば、確実にどちらかが——あるいは両方が——斃れるであろうことも。

彼女は信じて疑わなかった。

「これで、よかったのよ」

もう一度、確認するかのようにひとりごちた。

「よくはない」

その声に、バックミラーを覗いて思わずぎょっとなった。その中に見える顔は、まぎれもない空也斎のものであった。

リトモは一瞬、対向車線に飛び出していた。

「不二子、よけいなことをしてくれたな」

ぞっとするような声で、空也斎は言った。

「しかたがないでしょう。彼は、私の仲間ですもの……」

そして、笑ってみせた。ルパンならともかく、空也斎にその効果は絶望的だ。

「殺す気？」

「そうして欲しいのか……」

「ご冗談」

冷たい視線を背中に浴びながら、不二子の手はじっとりと汗ばんでいた。

「お前のしたことは、残念ながらまったくの無駄だ」

「どうして？」

「ルパンが奴を、逃がすからだ」

「どうしてわかるの？」

「だって、本人が言ってるんだもん」

不意に、声のトーンが1オクターブも上がって、さんざ聞き飽きた軽い言い回しに、不二子はほっと息をつく。

「驚かさないでよ、ルパン」

「ごめんね、ふーじこちゃん！」

ルパンの変装も、これだけは洒落にならない。心臓に悪すぎる。

「だけど、あいこだぜ。お前さんも俺たちをペテンにかけたんだからな」

「人聞きの悪いこと言わないでよ。私は五右衛門のためを思って……」

「だからそれが、よけいなことだっていうの。おかげで、こっちの仕事が増えちまったぜ」

変装を落としながら、ルパンが言った。

「まっ、そのかわりこっちも見せ場が増えたんだけっどもな……」

「彼、相当に使えるわよ」

「だろうなぁ……」

「打倒五右衛門に賭けた執念は、すさまじいわ。あたしの前で、誓ったものね」

「そうか……」

『空也斎とは、そこまでの仲か……』

と、ルパンが言おうとするのを不二子は遮って、

「だからって、情が移ったなんて思わないで!」

だろうなと、ルパンは思った。まったくこの女の、本心のつかめないことときたら。長いつきあいのルパンさえ皆目わからない。

「むこうもあたしから、五右衛門に関する情報を引き出したかったらしいけどね……」

「で、どこまでわかってるんだ?」

「さぁ。ご想像におまかせするわ」

まったく食えない女だ。もっとも、そんなところに惚れた弱味もルパンにはある。空也斎が不二子との枕語りに、どの程度こちらの情報を引き出せたか。そのあたりはカギになるだろう。

「とにかく、あたしとしては長くとも三ヶ月、五右衛門を彼から遠ざけたかったわけ」

「なんで、三ヶ月なんだ?」

「三ヶ月たったら、彼、斬りたくても五右衛門を斬れなくなるもの」

「……というと」

「進行性の筋肉障害。現代医学では治療のしようがない奇病だわ。最初は四肢の末端から筋肉が萎縮し始め、思い通りに動かなせなくなり、最後は心臓まで止まってしまう。長くても一年の命だけど、あと三ヶ月もすれば剣も握れなくなるんですって……」

「なるほど……」

「日本一の剣客として死にたいわけね。悲しい男の性だわ……」

「やりきれねえなぁ……」

ルパンはサンルーフの天井から空を見た。落ちて来る雨が、涙に見える。

そう、男の涙雨だ。

12

「おい、石川五右衛門の監視体制は万全なんだろうな」

銭形が、若い警官に訊く。

「大丈夫ですよ。ルパンはおろか、蟻一匹通さない、万全の警戒体制です。いや、実際のところ、五右衛門ひとりに警官三百人というのは、ちょっと過剰なくらいでして……」

「能書きはいい」

ルパン相手に過剰などということはない。彼はそのことを知りすぎるくらい知っていた。

「それより、ルパンは変装の名人だ。警官に化けてこの留置所に潜入せんとも限らんから、くれぐれも注意しろ」

「言わせていただければそれもまったくの杞憂でして……」

本庁配属のエリートだけあって、銭形のような叩き上げを、頭から馬鹿にしているのがありありとわかる。

「ここにこうして、手形をチェックしないと入れないのであります」

そう言って、警官は自分の手を留置所の入口にセットしてある台の上に乗せた。

「このセンサーは、本庁のデータバンクに直結されています。いかにルパンが変装の天才と言えども、掌紋まで似せるのは、不可能ですからな」

「なるほど……」

銭形は大仰にうなずく。

「ところで、このわしの掌紋はリストに入っとるんかね？」

「いえ、その……」

警官は口ごもった。

「このリストに登録されているのは、本庁で選ばれたメンバーだけでありまして……」

「ぬわぁにい！　けしからーん。さっそく総監に直談判してやる！」

「けっ、警部……」

「仮にもインターポールの一員であり、ルパン逮捕においては全権を委任されとるこの本官が、よりにもよってルパン一味が拘留された留置所にも入れんとは……」

「はっ、さ、さっそく登録しますので」

「今、ここでできるんかね？」

「はい、ものの30秒もあれば……」

警官は手なれたもので、すぐにキーボードに暗証番号をインプットする。

「さあ警部。手をその台の上に乗せてください」

「こうかな」

銭形が台の上に置いた手を、センサーが素早く走査する。

「ついでに、運勢チェックもやってくれるとありがたいんだがにぃ……」

やがて、機械じみた声がチェックの終了を告げた。

『アナタノ　ショウモンハ　トウロクサレマシタ』

「なるほど、便利なもんだわい」

満足気にうなずく銭形、さっそく台の上にもう一度手を乗せる。鋼鉄製のドアが、さっと開いた。

「け、警部、どちらへ？」

「ちょっくら、五右衛門の様子を見てくる」

「それは……」

「ぬわぁにぃ～～!!」

「あ、いえ、結構です」

昭和三十年代生まれのエリート警官は、あえて昭和ひとケタに逆うようなことはしなかった。

「ごゆるりと……」

まぁいい、半年もすれば昇進試験が受けられる。そうなればじきに自分は銭形よりも上官だという意識が、彼の中ではたらいたのだ。

ま、それはともかくとして……。

「警視庁も、新庁舎に移ってから、ずいぶんと扱いやすくなったもんだぜ。昔はもう少し、気骨のある奴がいたもんだが……」

銭形の仮面の下で、ルパンはほくそ笑んだ。

「警部！」

「なんだ⁉」

あわてて声を作る。

「出る時も、チェックが必要になります。気をつけてくださいよ」

「わかった‼」

まったく、いたれりつくせりではないか。これでは少々拍子抜けするというものだ。

五右衛門は留置所の床に、いつもとまったく変わらぬ様子で正座していたが、足音を聞いてひとこと、

「ルパンか」

と言った。気配でわかるものらしい。この男の前ではどんな変装も用をなさない。

「とんだ邪魔が入ったもんだな」

「不覚を取った。やはり勝負で気が焦っていたものとみえる」

「持って来たぜ」

トレンチコートの下から、一文字斬鉄剣を出す。

「父っつぁんから取り戻すのに、苦労したがな」

「すまぬ」

「これがあれば、一人で出られるな」

五右衛門は無言でうなずく。ルパンは格子の間から斬鉄剣を文字通り差し入れた。

「あと、2時間しかない。うまくやれ」

「かたじけない」

「それじゃ、俺は行くかんな……」

「どこへ行くというんだぁ!?」

と、これは本物の銭形の声。

「ありゃあ、思ったよりも早かったのね」

いまだ、銭形の変装のままのルパンが間の抜けた声で叫ぶ。

「当ったりめぇよォ! こちとら神田明神下で産湯を使った江戸っ子でい……そっちの考えそうなことは、幼な馴染みの弁天様がお見通しよ」

よくわからないことを叫びながら、こっちへ向かって突進して来る。そのあとに、配下の埼玉県警機動部隊が続く。

「ルパーン、ここで遭ったが百年目！　こんどという今度こそは、本当にマジで神妙にお縄を……」

「その台詞は聞き飽きたぜ！」

ルパンと銭形との間で、巨大な爆音が炸裂する。銭形の執念が炎となって燃えさかっているわけではない。ロケットランチャーを構えた次元の乱入だ。

左右の肩から十文字に吊ったベルトに、手榴弾（パイナップル）をすずなりにぶら下げている。その数およそ百！

「五右衛門！　今のうちに行け」

「すまぬ！」

一文字斬鉄剣をたずさえた五右衛門。と、見るまに特殊合金製の壁に、人間ひとりくぐり抜けられるだけの穴が、ぽっかりとあいたではないか。

「ひょう！　今日はまた、一段と凄いねえ」

次元は喜々とした表情で、ロケットランチャーをぶっ放した。

「野郎、どうやらふっきれたな」

「ちげえねえ。おい次元、こっちも派手にやるぜ」

「了解！」

背中合わせのルパンと次元。こうなれば敵なしだ。

「ひるむな、行けい！　埼玉県警の実力を見せてやれ！」

　こちらも元気印の銭形。かくて警視庁の地下留置場は、彼らのための空間と化す。

「ああ、三十億もかけたシステムが……」

　こうなると頭が痛いのは、本庁のエリート警官。彼がこの事件のあと、三多摩の派出所に飛ばされたことは言うまでもない。

13

　雨は、さながら滝のような豪雨と化している。

　皐頭には逆巻く波が怒濤となって押し寄せては、空也斎の足下で砕け散った。雌雄を決するこの場にこそ、ふさわしい演出であった。

「来たか――」

　空也斎は目を凝らした。五右衛門は傘もささず、けぶる雨の中をゆっくりと歩いて来る。

　対する空也斎も、ほてったように熱い体を濡れるにまかせたまま、その影を睥睨（へいげい）した。妖気が、文字通り湯気となって、なお雨を圧倒している。

「よく来たな。その心意気、褒めてやろう」

「某の斬鉄剣は？」

「心配するな。俺が使ってやる」

そう言って、すらりと抜き放った白刃は、まごうかたなき五右衛門の斬鉄剣である。

「俺が貴様の剣を使い、貴様が俺の剣を使う。これもまた一興だろうが」

「やむを得まい」

五右衛門は一文字斬鉄剣を抜いた。こちらのほうがはるかに細身である。反りも大きい。正面きって切り結ぶには、やや不利かとも思える。使い慣れ、万全の信頼を置く我が剣も、ひとたび敵の手に渡ればその凄まじいばかりの切れ味が脅威であった。

となれば、今は我が手にある妖刀に込められた空也斎の執念だけが頼りである。皮肉なことだ。

「あやかしの生を得てこの世に生まれたこの妖刀にも、最後にひとつだけ功徳をつませてやろう。それは、あなたを斬ることだ」

「ふん、大きく出たな」

五右衛門の決意を、空也斎は鼻でせせら笑った。

「お前の腕など、どれほどのものか。今日こそわからせてくれるわ」

「某は、いつもあなたに対して負い目を感じて来た。あなたに道を踏み誤まらせたのは自分のせいだと思っていたからだ。だが、今は違う。あなたは血に狂ったただの狂犬だ。たとえきっかけとなったのは某のせいだとしても、結果的にそうなったのはあなたの心が弱かったからだ。某は弟弟子として、道を誤ったあなたを斬らねばならぬ！」

「ならば俺も言おう！」

くわっと眦（まなじり）を決し、吼えたかと思うと空也斎の体は一瞬、大きく横っ飛びに跳んだ。

「俺は貴様を斬る。斬って、日本一の剣客となる！」

空手で言うところの、三角飛びに近い要領で、空也斎は死角から、五右衛門に一撃必殺の太刀を浴びせかけた。

「おう！」

五右衛門相手に、奇襲は通用しなかった。剣を見ずとも気配だけで受けられるのなら死角も死角ではない。斬鉄剣と斬鉄剣とが、がきっとぶつかり合い、雨中に火花を散らす。

が、それでもなお、この最初の撃突は、仕掛けた側の利と、体格において勝るぶん、空也斎に分があった。勢いで五右衛門は押され、三尺あまりも後退する。

そこへ、下からかち上げるように、空也斎の二の太刀が来る。五右衛門はからくもこれを、紙一重でかわしたが、余裕はなかった。血が一筋、額から流れて、すぐ雨ににじんで消えた。

『強い――!!　鋭さを増している』

さすがに空也斎の剣は、あの三人とは雲泥の差であった。墜ちてなお風格がある。そして、その剣には執念が込められていた。五右衛門はうすうす感づいてはいたが、やがて燃えつきんとする彼の命の炎は、この土壇場にきてひときわ大きく燃え上がっているかのようだ。少くとも不治の病がその剣にいささかの影を落としていないことは確かである。

空也斎の三の太刀は、五右衛門の足を狙って地面すれすれに繰り出された。これは道場剣法においては邪道とされるが、実戦においては実に有効である。足を払われれば戦うことはおろか、身を守ることも逃げることもならず、あとは相手のいいように料理されてしまう。示刀流ではそうした実戦技を、型にはまった技よりも重視する。具足があれば具足ごと、両断するだけの気迫をもって斬れと教えた。同時に、それに対処する方法をも教えたことは言うまでもない。両足を払われてから「卑怯」と叫んでも遅い。

五右衛門の体は考えるより早く、その教えの通りに反応していた。さすがに幼少時より叩き込まれた流儀には逆らえるものではない。だが、そこから先は彼のオリジナルだった。

地面すれすれ、水平に放された空也斎の太刀をかわして宙に跳んだ五右衛門は、相手の小手を狙って、初めて自分から積極的な攻撃に転じた。

「おうっ!!」

切尖は、狙った小手をわずかにかすめ、空也斎の片袖を切り落とした。それに気を取られなかった空也斎も、さすがと言うほかはない。すぐさま、次の太刀を繰り出す。

五右衛門が、受ける。

まさに五分と五分——、
もとより、二人とも命を捨てて臨んだ決闘の場である。

五右衛門も空也斎も、ひとたび剣を抜けば邪念は完璧に捨て去るだけの訓練はつんでいる。だから、ともにその胸中は、
無念無想——

である。

唸りを上げて飛んで来る刃に、心を奪われたときがすなわち負けであった。

いわゆる、見切りというものがある。

敵の太刀をかわす際に、その切尖を、ぎりぎりのところまでひきつけてからかわしたほうが、動作も小さく、バランスも崩さずにすみ、それだけ次の攻撃に転じやすい。

だがそれは、あくまでも理屈である。実際には、頭でわかってはいても、体のほうで逃げてしまう。恐怖心から、早いうちに身をかわしてしまい、結果としてバランスを崩し、敵の二の太刀を浴びることになる。それをどう克服するかが〝見切り〟の極意であり、剣士としてのなみはずれた素質と、それにも増す訓練なしには、おいそれと身につくものではない。

五右衛門も空也斎も、その見切りに関しては折り紙つきの優等生であった。

示刀流では、この見切りを切尖から一寸のところで行えて初めて、目録を許される。免許皆伝には、五分の見切りが必要である。

だが五右衛門と空也斎とは、ともにこの見切りを、三分で行うことができた。できたというのは、片目を失った空也斎が、もはやその能力を有しないことを意味する。

そのかわり、病を得てなお五右衛門を上回る体力となみはずれた気迫、打ち込みの鋭さ、執念といったものが、彼にはある。

何度かの激しい太刀を正面から受け、さすがの五右衛門も息が上がってきた。疲労はその剣から鋭さを奪うばかりではなく、見切りの目測をも誤まらせる。

五右衛門に焦りの色が現われたとき、空也斎には、ひと筋の光明が見えた。

『勝った!』

もはや、これ以上の剣技の応酬を、五右衛門の体力は許さない。

空也斎は、あの日の試合を思い出していた。あの時も勝利は九分九厘、彼の手中にあった。ただ、最後の最後で、勝利の女神は五右衛門に微笑んだのだ。

今も、あの時とまったく同じ考えが、空也斎の脳裏にはひらめいていた。だが、今度こそは負けないという強い確信もあった。

信じるまま、心の命じるままに、彼は大上段の太刀をふりかざした。

両断された五右衛門の頭骸骨と、飛び散る灰色の脳漿が、彼の目にははっきりと見えた。

五右衛門は、捨て身の一撃にすべてを賭けた。

「だあっ!!」

裂帛の気合いとともに、剣も折れよの一撃が、空也斎の面を下から狙って放たれた。

空也斎の剣をかわすことは、今の彼には不可能だ。だとすればこの一太刀に剣士としてのすべてを託し、肉を斬らせて骨を断つ以外に道はない。彼はいつもそうして、死中に活を見出してきた。また、いつも自分を極限状態に置くことによって、最大限の力を発揮してきたのだ。

よしんばここで斃れたとしても、後悔はなかった。

剣と剣とが交錯し、白刃がきらめいた。

一瞬遅れて雨空を裂くように走った稲光りが、二人の剣士の動きを、ストロボのように写し止めた。

そのままの姿勢で、両雄はしばらく凍りついていた。

やがて、空也斎の口もとが、かすかにひきつったかと思うと、一声ぐわっと唸って、どす黒い血の塊を吐き出す。

「兄者……」

「みごとだ、五右衛門……」

雨の中、ぐらりと傾いた空也斎の体が、コンクリートの上にできた水たまりの上に、飛沫を上げて倒れる。五右衛門は茫然となって、おのが手を見た。勝ったという実感が、まったくなかった。いや、斬られたと思った。

思わず、空也斎に駆け寄り、抱きかかえる。もはや、彼は敵ではない。兄弟子である。

「ふふ、自分の鍛えた力に裏切られて死ぬなら、本望さな……」

空也斎は、力なく自嘲する。

五右衛門は、手にした一文字斬鉄剣の名残りに目をやった。

空也斎の鍛えた妖剣は、鍔もとから三寸ばかりのところで折れ、その切尖を空也斎の胸にふかぶかと突き立てていた。逆に、空也斎の手にある正宗斬鉄剣には、刃こぼれどころか疵ひとつない。刃と刃がぶつかり合ったとき、空也斎の剣はもとの主の急所を刺し、五右衛門の剣は、その衝撃ではね上がって、持ち主を傷つけることを避けたのである。

「五右衛門、俺の負けだ。俺の鍛えた剣では、お前には勝てぬ。そう思い、刀を取り換えて挑んでみたが、結果はこの通りだ……」

「いや、某の負けです」

五右衛門は、きっぱりと言った。

「技では、私はあなたに負けた。あなたの剣で戦っていなければ、私は死んでいた。あなたは某に負けたのではない。あなた自身の鍛えた剣に負けたのだ」

「そ、そうか……」空也斎は、一瞬なんとも言えない満足気な表情を浮かべた。それはまるで、五右衛門が子供の頃に実の兄とも慕った、少年の顔だった。

「その目です。兄者」

「……?」

「あの夜、あなたの目を見たとき、あなたの目は昔のままだった。殺戮者の目ではなかった。だから、某は一瞬躊躇し、あなたを斬れなかった……」

「そ、そうだったのか……」

空也斎の両頬を、涙がつたい落ちた。

「俺はまた、傷を見て、昔自分が負わせた傷を思い出し、手心を加えたのかと……。お前がそんな漢ではないことを、俺がいちばん知っていたはずなのに……。許せよ、五右衛門」

「許していただかなくてはならぬのは、某です」

五右衛門は、深くうなだれた。

「あなたは血に狂いながらも、決して剣の心を失ってはいなかった。常に剣士として、生き、剣士として死のうとしていた。あの目を見たとき、某にはわからなければならなかったのに……。あなたの心を……」

「俺の心を、わかってくれるか……」

「わかるとも、兄者！　やがては斃れるとわかって、なお戦わずにはいられないその心、剣に生きる者ならわからないはずがない」

「そうだな……。俺は夢を見せてもらったよ。孤剣に……悔いなし」

そのまま、空也斎は五右衛門の腕の中で、がっくりと頭を垂れた。

『日本一の剣客も、死ぬ時は泥水の中か……』

天を仰ぐ五右衛門。

剣に生きる者は、所詮剣に死ぬる運命にあるのか。しかし、雇みてむしろその潔さに胸が洗われる思いがする。

『いつかは、自分も……』

五右衛門は、空也斎の手に彼の一文字斬鉄剣を握らせると、自分の剣をもとの鞘におさめた。

行くあては、ない。

だが、行く道はひとつ。

雨が、ようやく小降りになりかけていた。


『燃えよ斬鉄剣』

完

双葉文庫

ひ-11-07

ルパン三世(さんせい) 戦場(せんじょう)は、フリーウェイ〈新装版〉

2022年4月17日 第1刷発行

【著者】
樋口明雄(ひぐちあきお) 吉岡 平(よしおかひとし) 塩田信之(しおだのぶゆき)

【発行者】
島野浩二
【発行所】
株式会社双葉社
〒162-8540 東京都新宿区東五軒町3番28号
［電話］03-5261-4818(営業部) 03-5261-4851(編集部)
www.futabasha.co.jp（双葉社の書籍・コミックが買えます）
【担当編集】
遠藤隆一
【印刷所】
大日本印刷株式会社
【製本所】
大日本印刷株式会社
【カバー印刷】
株式会社久栄社
【フォーマット・デザイン】
日下潤一

本書は1987年10月10日に双葉社より発行された「ルパン三世　戦場は、フリーウェイ」に修正を加えたものです。
本書に収録された作品はフィクションです。実在する団体・登場人物等とは、すべて関係ありません。

ISBN978-4-575-52558-8 C0193
Printed in Japan